青春的脚步

颜克海 著

长江出版传媒 | 长江文艺出版社

图书在版编目（ＣＩＰ）数据

青春的脚步 / 颜克海著. -- 武汉：长江文艺出版社，2017.1

ISBN 978-7-5354-9091-9

Ⅰ. ①青… Ⅱ. ①颜… Ⅲ. ①中篇小说－中国－当代 Ⅳ. ①I247.5

中国版本图书馆 CIP 数据核字(2016)第 214840 号

责任编辑：曹 程　　　　　　　责任校对：陈 琪
封面设计：周 佳　　　　　　　责任印制：邱 莉　胡丽平

出版：长江出版传媒｜长江文艺出版社

地址：武汉市雄楚大街 268 号　　　邮编：430070
发行：长江文艺出版社
电话：027—87679360
http://www.cjlap.com
印刷：武汉市首壹印务有限公司

开本：787 毫米×1092 毫米　1/32　　印张：7　插页：1 页
版次：2017 年 1 月第 1 版　　　　2017 年 1 月第 1 次印刷
字数：68 千字

定价：26.00 元

目 录

一、中秋月圆时 / 1

二、真情相慕 / 58

三、走向分岔路 / 82

四、吼的一声 / 180

这是一位朋友讲给我听的一个感人的故事。它藏在我心中已多年，总想把它写出来，一吐为快。因各种各样的原因，时至今日才动笔。故事就从中秋节这一天讲起吧。

一、中秋月圆时

被国人视为家人团圆之日的中秋佳节这一天，骨科主治医生余坚刚下班，就匆匆往菜市场跑，买了一些诸如鱼、肉、瓜果之类的应节的菜。回到家里，将蔬菜放在洗菜池中，打开水龙头正要洗时，读小学五年级的儿子小明亦已放学回到家中。

"爸爸，我来洗，你歇一歇。"他的儿子走近他的身边说。

"爸爸不累。"余坚侧过头对儿子说，"你刚放学回来，先歇一下，茶几上有水果，你吃吧。"

"你刚下班，又到菜场买菜，哪会不累呢！"儿子不由分说，抢过他手中的蔬菜洗了起来。

"你看你，叫你歇一下，吃点水果，就是不听。"余坚还是要自己洗。

"爸爸，你晚上还要上班，就歇一下，让我来洗，一定会洗干净的，放心好了。"

"好好好，就让你洗。"余坚以一种疼爱儿子的深情目光注视着儿子，伸手在儿子的头上轻柔地抚摸了几下，说："那你洗菜，爸爸去把鱼肉切一切，早一点煮饭。爸爸吃完饭，好早点去上班。"

父子俩谁也没有歇，一起忙着做饭炒菜。过了一会，一碟板栗烧肉，一碟红烧鱼，一碟炒菜心就摆到了桌子上。这些菜对他们父子俩来说，已是很丰盛的了。因为在平时，摆在餐桌上的往往只有一个菜，最多也就两个菜。今天是中秋佳节，余坚特地花时间做了三个菜，还摆了一瓶可乐，刻意营造一种节日的气氛，意欲让儿子小明也像其他家庭的孩子一样享受节日的快乐。但在父子俩举杯相碰，说了"中秋节快乐"之后，他从儿子的目光和神态中，隐约感到儿子并不快乐。儿子年纪虽小，但很聪慧。在这中秋佳节，家家户户团圆之时，这个家只有他们父子俩对坐。聪慧的儿子不会感受不到家里的清冷。当然，他也清楚儿子此时此刻心中的阴影愁云。因为儿子长大了，知道家里的变故了。但是，他又能对儿子说些什么呢？余坚草草地吃完饭，对儿子说："小明，你慢慢吃，多吃点菜。爸爸给你爷爷奶奶打个电话。"

"好。爸爸，你说我祝爷爷奶奶节日快乐，身体健康。"

"行，儿子，你真懂事。"

儿子说话了，打破了沉闷，他很高兴，拿起电话，拨了几个号码。

"亚叔，我是亚坚。今天是中秋节，特地打个电话向亚叔、亚婶问好。祝亚叔和亚婶身体健康，节日快乐，生意兴隆!"

"多谢，多谢! 亚坚，你好有心! 你们都好吧?"

"我们都好，都好。"

"亚坚，上午你爸爸到店里来坐，还念起你和小明呢。我过去叫你爸来和你说说话吧。"

"那好，那好，谢谢亚叔。"

这个亚叔是他父亲的亲弟弟，就在他父母家隔壁开了一间卖茶、烟、酒之类的小商店，安有电话。余坚的父母考虑到节省开支，就是不愿意安装电话。所以余坚有什么事要和父母说，就打电话到叔叔的这个小商店。

不一会儿，话筒传来一个老年人深沉亲切的声音："亚坚……"

余坚从电话中传来的声音感受到对方的高兴和激动。"妈，您和爸爸近来身体都好吗？"

"好，都好。你爸爸正在做饭，叫我来接电话。你和小明也都好吧？"

"都好，都好！小明他常常念起爷爷奶奶啊！今天是中秋节，小明说祝爷爷奶奶节日快乐，身体健康！"

"小明这孩子真乖，你说爷爷奶奶喜欢他。"

"好的。他还在吃着饭哩！您二老还没有吃啊？"

"没有哩。下午你爸和我到医院去看病开药，回来迟了一点……"说到这里，对方的话突然断了。

"喂，喂，妈，怎么没有声音了呢？"

"是我说话歇了歇……"随后，老人才在电话中接着说："亚坚，我刚才说到医院看病开药，是老毛病，没有多大事，你别挂念，没有事的。"显然老人意识到刚才一下说漏了嘴，怕儿子担心，所以又连忙解释。余坚知道，母亲说的老毛病，是指父亲患的慢性支气管炎，母亲患的风湿性关节炎。这些毛病一犯，就得到医院开药。他听了心里一沉，不无担心地说："现在秋凉了，你们平时要注意保暖啊！别着凉了，一着凉，这些毛病就会犯。万一犯了，就一定要到医院看病，不要顾虑钱的问题。前几天我寄的钱收到了吗？"

"今天上午收到了，我和你爸刚才还在说要给你打电话呢，而你先给我们打来了。亚坚喔，你寄的钱太多了，以后不要寄这么多。小明念书也要用钱。听妈的，以后少寄一些。"

"妈，你们不要太节省，该用的钱就要用，特别是看病，不能省。"

"亚坚啊，你爸要我和你讲，你不能只记挂着我们，也要关心关心你自己的事情，总不能老是这样过日子啊！"余坚当然明白母亲所说的他"自己的事情"是指要他再娶个老婆，重新建立个新家庭。

"妈，我知道，你们放心。我一定会按照你们二老的吩咐办的。一定会的。"他极力安慰母亲，让老人家不为自己的事操心。

他打完电话，对儿子小明说："爸爸要值夜班，不能带你去玩了。吃完饭，你可以去找同学玩玩，但不要走远了。十点前一定要回来。知道吗？"

"知道了。"

"月饼就放在小柜子里，你现在吃或去玩回来吃都行。"他说完，就拎起一个塑料袋准备出门上班了。

"爸爸，你等一下。"余坚刚踏出门，儿子追了出来，手上拿了一个小塑料袋，里面放着一个小包装的月饼和两个苹果递到他的手上："爸爸，你带去上班吃。"

余坚深情地看着儿子："小明，就放在家里，你留着吃。"

"不。爸爸，你带去。今天是中秋节，是要吃月饼的。"儿子硬是要他带。他心里感到热乎乎的，伸手抚摸儿子的头，接过儿子递过来的月饼和苹果走出小区的大门。中秋佳节是全家团圆的日子，这一个家本来就只有他和儿子两个人，而现在又让儿子一个人留在家里，孤零零的……他带着一种十分复杂的亏欠儿子的心情，走进骨科病房。

"余医生，今晚不是黄医生值班吗？怎么你来上班了？"值班护士叶梦玲奇怪地问。

"黄医生的爱人从北京进修回来过中秋节，我和他换了一个班。"余坚解释道。

"哦!"叶梦玲明白了。她凝视了一下面前这个方圆脸，显出一种敦厚、神情面善的中年主治医生，心中泛起一种由衷的敬意。

余坚换上工作服到病房巡查了一遍，回到医生办公室，拿了两份病历，写了医嘱，到护士站对叶梦玲说："小叶你去给5床、11床打支止痛针。他们手术后还疼痛明显。"

叶梦玲给病患者打了针，回到医生办公室对余坚说："余医生，8床刚才突然腹痛呕吐，家属请医生去看看。"

"好的。"余坚立即从椅子上站起，走出办公室到病房为病人做检查。

叶梦玲把各种事情处理完后，到与医生办公室连通共用的阳台上休息，呼吸一下室外的新鲜空气。她仰望天空，一轮浑圆的皓洁明月高挂苍穹。不远处的沿江广场正绽放着斑斓缤纷的烟花，美极了。

余坚为病人做了仔细检查后回到办公室。叶梦玲从阳台上走了进来，问："病人怎么样？有什么要我去做的吗?"

"病人吃了家里送来的饭菜引起急性胃炎。我开个医嘱,你拿几片药给他服。"

"好的。"

余坚开了医嘱,叶梦玲飞快地到住院部药房拿了药送到病房。再过了一会儿,她到病房查看时,病人的疼痛缓解了,不再呕吐了。她趕回医生办公室向余坚报告。

"那就好。你忙了这么一阵子,休息一下吧。"余坚关切地对她说。

"谢谢。您比我更忙,也该歇一下了。"她对还在翻阅病历的余坚说。

"13床病人的手术方案我还要再琢磨琢磨。"

"余医生,您做事真认真啊!"

"人命关天,不认真不行喔!"

待余坚忙完后,叶梦玲从隔壁走了过来为余坚斟了一杯茶放在他的面前："余医生，喝点茶。"

余坚抬头："谢谢你。"

"余医生，不客气。"说完这句话，已移步到阳台的叶梦玲忽然有感而发地对余坚说，"余医生，你来看看，今天晚上的月亮好圆好美啊！"她说这话的用意本欲让一心一意忙于工作的余坚轻松一下，没料到余坚只是淡淡地"哦"了一声，又拿起一个病历看了起来。叶梦玲马上意识到这样的话题也许会触动他对家庭往日"伤痕"的回想。因为她了解余坚家庭的变故。于是她及时转换话题，从另一个角度说中秋。她到隔壁的护士站，拿来两个月饼，对余坚说："我的亲戚送给我们家两盒港式月饼，我带来了两个，您尝尝。"

"谢谢。我也带了一个，不过肯定没有你的好吃，好的和差的一起尝吧。吃了月饼，就不用到食堂领夜餐了。"

"对，对，对"。叶梦玲见余坚有了兴致，也高兴地连连应道，"我们也算是在这里过中秋节了。"说完，她又给余坚的杯子斟满了茶。接着拿起一把小刀把月饼切成小块放在一个碟子上。随后，她在余坚的对面坐了下来。余坚安静地看着她所做的这一切。

"小叶啊，你这样客气，我可不敢当哦。"

"余医生，不是我客气，是您太客气了。老是讲一些客气话，让人听了不自在。"

"好，好，好。以后我们都不客气，随便一点。"

"对，这样就好。"

余坚拿起杯子呷了一口茶，但没有吃月饼，也没有说话，似乎在沉思。叶梦玲用一个小叉子叉了一小块月饼递给他："余医生您尝一尝。"

"好吃，很美味。"余坚吃了一口叶梦玲递给他的月饼称赞道。

"我也尝尝您带来的……"叶梦玲对余坚微微一笑，尝了一口，也称赞道，"很好，很好。"

在两个人目光相互接触的时候，电话铃响了。余坚拿起电话："哦，小明，什么事？"

"爸爸，我出去找同学玩玩。"

"好的，好的，你去吧。不要走远了，早一点回家。"本来这件事在他出门之前，已对儿子说过了，而现在儿子又打电话告诉他，他深感欣慰，儿子很懂事。但是他又深感歉疚，在这万家团聚之日，没有陪伴儿子……

余小明走出小区，他要到离小区很近的城中村去找一个同班小朋友。当他走到城中村的牌楼，看到前面一个中年人正在蹬着一辆破旧的三轮车向前移动。车上装满纸皮、报纸、旧书籍之类的东西，上面还有两个鼓鼓囊囊的塞满饮料瓶之类废品的编织袋。余小明加快脚步赶上前去，叫了一声"吴伯伯。"

中年人转过头："小明，今天是中秋节，你到村里来干什么呀？"

"我来找小亮玩。"余小明答道，"吴伯伯，我来帮您推。"

"不用，不用，我能踩动，快到了。"但不管这个伯伯怎么说，余小明已经跑到车子后面用力往前推了。车子进入一条狭窄的小巷，在一个很陈旧的房子门前停了下来。这个吴伯伯敲门："小亮，小亮。"

一个小男孩把门打开。吴伯伯对小男孩说："小明来了。"

这个开门的小男孩是这个吴伯伯吴志强的儿子，是余小明的同班同学，也是好朋友。吴小亮招呼余小明进屋，两人见面十分高兴。

吴志强忙着把三轮车上的废品搬进屋里，小亮和小明也一起动手帮忙。当东西搬完后，吴志强发现餐桌上放着一小碟咸萝卜干和一个空碗、一双筷子，他感到很诧异。儿子小亮连忙解释："爸爸，我煮了饭，我饿了，先吃了一碗。"

听了儿子的解释，吴志强心里泛起酸楚与歉疚。"小亮，爸爸不该这么晚回来，让你饿肚子。"接着，他又向儿子解释："今天是中秋节，家家户户打扫清洁卫生，卖废品的比平时多，收得多，所以这么晚才回来。我买了一点烧肉，拿来给你吃。"他转身从挂在墙壁上的塑料袋里拿出一个装着烧肉的泡沫盒放在餐桌上。然后把一扎青菜放在洗菜池中洗了洗，切好在锅里炒熟，盛了一碟放在餐桌上。同时把那一盒烧肉倒在一个碟子里。加上那一碟咸萝卜干共三个菜，父子俩就这样过中秋节。

"小明，你吃过饭没有？在我们这里再吃一点吧。"

"吴伯伯，我已经吃过了，谢谢。"

余小明坐在一张靠墙角的椅子上，独自在看一张旧的《少年报》。

正当吴志强父子俩吃饭的时候，外面有人敲门。吴志强把门打开，一个约三十多岁的短头发的中年妇女站在门外，对吴志强叫了一声："志强哥。"

"亚菊，是你呀，好久不见了。"吴志强热情地招呼客人进屋里坐。

"菊姑。"吴小亮叫了一声。这个亚菊是吴志强的堂妹。

"亚菊，你今天怎么有空出来了?"吴志强问道，并移过一张方凳子招呼她坐下。

"主人一家开车到江边赏月去了。"亚菊答道，"我趁有空，请了一个假，特地来看看你们。"随即她从一个手提袋中拿出一盒名牌月饼放在他们吃饭的餐桌上。

"亚菊，你来玩就行了，不该花钱买东西嘛，你就这么一点工资。"

"这不是我花钱买的。"亚菊解释，"是我做工的那家女主人给我的。我不肯要，她知道我要来看亲戚硬是要给，说反正她家里的月饼一大堆吃不完。"

"吃不完，买那么多干啥？"

"嘻，买什么哦，他们家一个月饼也不用买，全是别人送上门的，而且都是名牌高档的。不仅是月饼，还有高档的酒也是一大堆。有一次女主人叫我帮她收拾别人送来的一个果篮，里面还放了好大一扎用红纸包着的钞票喔。"

"哦，是别人巴结他们的。"

"就是。她老公是局长，上门巴结的人实在是太多了。我听邻居说，往年中秋节她家里经常把一些过了期的月饼、蛋糕之类的食品，还有烂了的水果扔在垃圾箱里。所以，她硬要给我，我就拿了一盒，又不是我向她要的。"

听了亚菊说的这些话，他不想再说什么，他理解亚菊的心情。但在他的心里却有一种说不清的难受的滋味。因为他心里明白，别人把这种名牌月饼送到这位局长的家里，是出于一种恭敬的巴结，而这个女主人将它送给亚菊并拿到他这里来的这一盒月饼，在女主人的心目中只不过是一件将被扔进垃圾箱里的东西。充其量也只是一种毫无尊重意思的施舍而已。他一想到此，心里的自尊受到了一种难以名状的刺激：吃这种月饼，能有美味感吗？他真想立即将月饼退回给亚菊，要亚菊拿走。但他不能这么做，因为这样做，亚菊就为难了，要得罪主人了。他沉默了，思考着，正是"月饼"这两个字触动了他一段难忘的往事：

他原来是一个县城某模具厂的技术工人，前几年工厂经营不景气倒闭了，一个食品厂的老板看中他制作模具的技术，高薪请他到厂里工作，那一年中秋节的前夕，老板要他用木头雕刻一个能仿制某名牌月饼的模具。他看穿了老板欲制作假名牌月饼赚黑心钱的歪心思，拒绝了。老板承诺再给他一笔钱，他还是拒绝。老板火了，问他究竟干不干？他掷地有声地说了两个字："不干"。后来他就被炒了，失业了。有朋友不解，问他："老吴，你为什么要跟自己过不去，有钱赚都不赚？是老板叫你做的，又不是你要做的，怕什么？有什么事，也是由老板承担嘛！"他回答道："我痛恨那种弄虚作假赚黑心钱的人。我就是饿肚子，也不会要这种人的钱，也绝不会和这种人同流合污。"后来，这个老板还是请人制作了假名牌月饼的模具赚黑心钱，坑害消费者。他很气愤，向有关部门告发这个老板，但是这个老板由于有一个在政府相关部门当领导的亲戚庇护他，并没有得到相应的处罚，事情不了了之。这个老板后来找人威胁他，要给他一点颜色看，要教训他一下。还挑拨他年轻漂亮的妻子和他离婚，说什么跟着这样的傻瓜，饭都不会有得吃。而早就和一个大她近二十岁的科长好上了的妻子，趁机以生活无法过为借口提出分手。他对着受人挑唆的老婆说："既然你一定要分手，那就分手吧。"就这样，他和老婆离了婚，带着儿子到X市收废品，捡破烂。省吃俭用，干了几年，站住了脚跟。在收废品时认识了一位小学老师，这位老师非常同情他们父子，在他的帮助下，小亮得以在这个城市的小学插班上学……

他上面的这一段经历，堂妹亚菊也是清楚的。所以当亚菊说了主人给她一盒月饼之事后，她觉察到堂兄并未有多高兴，而是在沉脸寻思什么时，她意识到应将"月饼"的话题岔开。于是她将视线转向坐在对面的余小明，问小侄子："小亮，这位小朋友是你的同学吧？"

"是的。"吴小亮答道，"他是我的同班同学余小明。"

"他的长相很像我做事的那个家的女主人。特别是眼睛和嘴像极了。"吴亚菊很有兴趣地说。

而余小明听了吴亚菊说的这些话，脸色显得很不自然，沉了下来。

对余小明父母的情况，通过和余小明多次接触以及儿子吴小亮间接时有谈及，吴志强是有所了解的。于是他示意堂妹不谈余小明像她的女主人之事。并且对已经吃完饭的儿子说："小亮，你和小明到外面去玩玩，江边广场今晚放烟花，时间快到了。"稍停一下，又补充道："你们先去，过一会，也许我也会到那里去捡废品。"

等余小明和吴小亮出去之后，吴志强问吴亚菊："你刚才说你做事的那家女主人，是第一次结婚的，还是离婚后再婚的？"

"听邻居说是离了婚，再结婚的。她的男人也是。"

"她的丈夫是干什么的？"

"是 X 局的局长。"

"哦，原来是这样，怪不得你说长相和余小明很像。"

"志强哥，你说什么呀？我听不懂。"

"嘻，你还听不懂，你说的那个女主人是余小明的母亲，在余小明三岁多的时候和小明当医生的父亲离了婚，然后嫁给了这个当局长的。"

"哦，是这样。"

"现在呀，有的女人，怎么说呢，就是一心向着有钱的，有地位的，不讲良心，不讲道德。"稍停片刻，他又补充道，"当然，我只是说极个别的女人是这样。"

"志强哥，您说的这种女人有，我也见过，但往往是被动的，是在被威逼或利诱的情况下做错事的。"

"但是，如果自己一身正气，别人怎么威逼利诱也能抵挡住，至少对方不那么容易得逞。你说是吧？"

"志强哥，你说得有道理。"吴亚菊说完这句话，忽然记起了什么，用一种缓慢的语气对吴志强说，"我记起了一件事要对你说。"

"你说。"吴志强点头。

"是这样，十多天前，我爸打电话给我，说我妈病了，病得比较重，要我请几天假买两种什么药带回给妈治病。我按爸说的药名买了药后，因为时间紧，心情焦虑，没有告诉你，就乘了班车回老家，在家里待了一个星期，前几天才回来……"

"现在婶婶怎么样，好些了吗？"没等堂妹说完，吴志强就急着问。

"我回来的那天，就已好多了。要不，我也不会急着回来。"

"那是，那是。"

"志强哥，我还有件事跟你说。"

"你说。"

"就在我回到家的第三天，林冬妹到我们家来看我妈。她的身体比以前消瘦了很多，有些憔悴。她对我说，她对不起你，对不起小亮，她当初错了。还流了泪。看她的神情好像是在寻求你们父子的谅解。"

吴志强只是沉着脸听着，不表态，不说话。于是吴亚菊又继续往下说："我看她似乎很痛苦，很后悔，问她现在生活过得怎样？她说，她那个当科长的老公因为贪污已被抓走半年多了。那个科长原来的子女和她的关系很不好，她已经搬回娘家住，并且又办了离婚手续。现在日子过得很凄凉……后来我跟她说，希望她好好吸取人生的教训，婚姻不能一味攀富嫌贫，爱慕虚荣，对方的金钱和地位不一定能带来幸福。重要的是互相之间的真正感情，比如我和我的老公下岗之后都在外面打工，挣不了多少钱，还要养家，虽然穷，但我们生活得很踏实，很愉快。她听了之后，一直在默默流泪。后来，她还问你和小亮生活得怎样，托我向你们父子俩问好。"

听了堂妹说的这些情况，吴志强心里有些沉重，他和林冬妹毕竟曾夫妻一场。但他一想到林冬妹的绝情和贪慕虚荣，心里又有气。

"志强哥，你能原谅她吗?"吴亚菊紧跟着问。

吴志强没有直接回答堂妹提出的问题，他知道堂妹的意思是试探他是否能和林冬妹复婚。他沉默良久，心里十分矛盾。好半天，他才说了下面几句话："婚姻不能像到菜市场买菜那样，今天想吃这个就买这个，明天想吃那个就买那个，把一个极其严肃的人生大事当儿戏，想怎么样就怎么样。这样，有朝一日，就会为自己的轻妄行为付出人生代价。"

吴亚菊听吴志强说了这些话，她理解堂兄的想法了。她感到没有必要再就这个话题谈下去了，于是起身告辞。吴志强拿起吴亚菊送来的那一盒月饼递给她："亚菊，这盒月饼你带回去。"

吴亚菊一下愣住了："志强哥，你这样，叫我怎样和女主人说啊？"

"亚菊你老远送这盒月饼来，我知道你是出于好心意。但我实在不能接受这种来源的月饼。至于你怎样和你的女主人说我不管，或者你另送别的什么人，我也不管。"

"这怎么办哦，真是难办！"

"亚菊，这不难，我相信你有办法把这件事处理好。"

吴亚菊了解这位堂兄的个性，了解他的人都知道他有个绰号叫"犟牛"。他认定要干的事谁也阻止不了他去干。他认定不能干的事，就是拿刀子架在他的脖子上，他也决不会去干。亚菊最后理解了，服了，将这盒月饼带走了。

　　他送吴亚菊走了之后，拿着一个编织袋出门，准备干活了。

　　他的儿子吴小亮和余小明已先于他走出城中村的小巷向江边走去。余小明见吴小亮手中拎着一个颇大的塑料袋，问："小亮，你拿着这个塑料袋准备干什么呀？"

　　"今天是中秋节，外面丢的塑料瓶什么的一定比较多。出去玩，也可以顺便捡一点废品给我爸爸卖，同时也为城市的环境清洁卫生出点力，你说是吧？"

　　"对，对，我也帮你一起捡吧。"

　　"不，我自己捡。你玩玩。"

"咱们两个一边玩，一边捡，就行了呗。"

他们一起来到江边上，游人如鲫。在江边广场，小朋友们手提着大大小小的灯笼、动物灯饰在嬉戏、欢笑。天空明月皓洁。江面上装饰着各式各样彩灯的游船在缓缓行驶。广场上空闪耀着五彩缤纷斑斓如画的烟花。余小明和吴小亮随着人流移动。他们虽然也和大家一样欣赏着中秋之夜的美景，但却缺少和父母一起来游玩欢度中秋的那些小朋友们心中的欢愉。他们更注意的是游人丢下的饮料瓶或其他可以卖钱的废品。他们见着一个就捡起一个放进吴小亮拎着的塑料袋中。

在走了一段路之后，吴小亮拎着的塑料袋已装了满满的一袋。

"小亮，我去帮你再找个袋子。不然，捡到瓶子、纸盒也没有袋子装了。"余小明说。

"到哪找？"

"我有办法。"余小明说着，就往对面的一个垃圾桶走去。他一连找了几个垃圾桶，终于找到了一个较大的塑料袋，并到一个治安亭旁的水管用水洗得干干净净，又和吴小亮随着人流继续捡废品。

"我很口渴，想喝水。"在他们又走了一段路之后，吴小亮忽然说。这大概是由于先前肚子太饿，来不及等待收废品的父亲回来，自己煮熟了饭，没有什么菜，只有一碟咸萝卜干可以吃所致。他一边说，一边将手伸进口袋，摸了半天，也摸不出一分钱来，不好意思说："我没有带钱，买不成饮料。"

几乎在同时，余小明亦伸手往口袋里摸，各个口袋都摸遍了，才摸出两块多钱，向一个推着一辆手推车卖饮料的小贩买了两瓶最便宜的饮料，各人一瓶饮了。

"过两天，我还你一块二毛钱。"吴小亮对余小明说。

"还什么嘛，不用。"余小明很恳切地说，并提议，"我们到前面找个地方坐一会吧。"

"好的。"余小明赞成。但两人往前走了一段路后并没有找到空椅子。余小明因为有点内急，于是对吴小亮说："我到马路对面的流动厕所去一下，你先去找个空椅子，我马上就来。"

"好的。"吴小亮继续往前走了二十多米，在靠近江边有一条长椅正好空着没有人坐，于是他坐了下来。当他的视线触碰到椅子左边的地下时，发现有个小皮包丢在那里，他过去弯腰捡了起来，好奇地拉开皮包的链子一看，哇，里面有一大沓红色百元钞票，还有一串钥匙。过了一会儿余小明走了过来。吴小亮立即递给他看："小明，你看，我刚才在椅子下面捡的小皮包，里面装有不少钱，还有一串钥匙。"

"把钱拿出来数一下。"余小明提议。

"好的。"

于是两人把皮包里面的钱拿出来数了数，一共有 2300 多元钱。"丢了这么多钱的人发现后心里一定很着急。"余小明说。

"是喔。那怎么办？"吴小亮急了。

"丢失的人一定会返回来找的。"

"那我们就在这里等一会。"

然而，两个人等了好一会儿还是没见有人来找，怎么办？他们为难了。就在他们俩犹豫的时候，吴小亮的父亲吴志强找来了："你们在这里玩呀。"

"爸爸，刚才我们在这里捡了一个钱包，里面装有 2300 多元钱。"

吴志强接过钱包看了一下，问："你们说，该怎么处理？"

"还回给那个丢失的人。"吴小亮和余小明异口同声地回答。

"对啊，你们说得很对啊！不属于自己付出劳动挣来的钱，一分钱也不能要。"

"可是，爸爸，我们两个人已在这里等了好一会儿，还是没见丢失的人来找。"吴小亮说。

"这好办，你们把钱包拿到前面治安亭去，值班的警察叔叔一广播，失主就会来领取的。走，我带你们一起去。"

吴志强带着他们两个来到广场临时搭起的治安亭向值班的民警说明了来找他们的原因。其中一个民警拿出一个登记本作了详细登记后，又叫另外的一个民警用扩音器广播了吴小亮和余小明拾得钱包的消息，希望失主到治安亭来领取。

过了一会，一辆乌黑铮亮的奥迪车驶了过来，停在治安亭前面不远的停车场上。先从车的后座走出一个约三十多岁的烫了头发的漂亮女人，随之又出来一个约六七岁模样的机灵的小男孩，最后才从前面驾驶座走出一个约四十多岁的高个子方脸男人。显然，这是节日开车出来游玩的一家三口。

"你先过去，我和斌斌到对面公厕去一下，随后就过来。"漂亮女人对那个高个子男人说。

高个子男人来到帐篷式治安亭向民警说明是前来领取丢失钱包的。

"有身份证吗？"民警问。

"有。"高个子男人向民警出示了身份证。然后民警叫他进入治安亭。

民警从钱包的颜色、大小、里面放了什么东西等方面，一一进行了详细询问。高个子男人一一做了回答。

"钱包是怎么丢失的，能回忆起来吗？"民警又进一步问。

"具体怎么丢失的，我也搞不清楚，可能是不慎从裤子的口袋滑落下来的。"

“你在什么地方坐过吗?”

“我们一家三口就在前面江边的一个长条椅上坐着休息了一会儿。我想,可能在坐下时,钱包溜出口袋没有发觉。”

高个子男人各项回答和实际情况相符。于是民警从桌子的抽屉里拿出那个钱包,经双方当面清点里面的钱物后,高个子男人在收据上签了字,领回钱包。当他走出治安亭时,连声向民警道谢。

“不用谢我。要谢的,是他们。”民警指着坐在治安亭门旁一长条椅上正在喝着水的吴志强和吴小亮、余小明三人说:“是他们捡了你的钱包送到这里来的。他们拾金不昧,精神可嘉,值得表扬啊!”

高个子男人循着民警所指,视线转到吴志强他们三个人身上。见他们手上都提着一个装着饮料瓶之类废品的塑料袋,心里明白了,他们是出来拾废品卖钱的。他深为不解:捡废品卖钱的人拾到钱包能主动交出来？这是怎么一回事？于是问："我的钱包是你们捡到的？"

吴志强礼貌地站起答道："应该说，是他们两个孩子捡到的，不是我。"

"不，是他捡到的。"余小明指着吴小亮说："他后来告诉我，我才知道。"

失主摸不着头脑，问："你们三个是什么关系啊？"

吴志强指着吴小亮说："他是我的小孩。"然后指着余小明，"他是我小孩的同学，今晚一起出来玩的，顺便捡一点废品。"

失主深感他们三个人的真诚，做了好事不争功，相互谦让。于是说："你们都不错，刚才警察跟我说，你们为了归还我丢失的钱包，放下自己的活，在原处等了好一会儿，见没有人前来找，又把钱包送到这里来交给警察，我非常感谢你们。钱是小事，那三把钥匙对我来说，实在是太重要了。"他说完这句话，从钱包里拿出五张百元钞票递给吴志强："不管是谁先捡到的，我都要感谢你们。这是我的一点心意。"

吴志强不接："先生，我们不要你的钱。"

"我是真诚的，权当请你们吃餐便饭吧。"

吴志强还是不接："不必了。"

就在这个时候，那个漂亮女人带着那一个机灵的孩子来到治安亭。"爸爸，钱包找着了吗？"机灵小孩问。

"找着了，是前面那两个小朋友捡到的。"

机灵小孩和漂亮女人的视线同时投向前面坐在长椅上的余小明和吴小亮。漂亮女人一下怔住了，立即走到余小明跟前，见他手上拎着一袋废品，十分诧异："明明你怎么在这里？"

余小明脸色蓦地变了，低着头，不吭声。

"明明，妈妈问你话，怎么不作声呢？"

听了漂亮女人的问话，吴志强有些诧异，问："小明，她是你妈妈？"

小明点了点头，但仍然沉默不语。就在此刻吴志强蓦地想起堂妹吴亚菊刚才在他家里提到过的她当保姆那一家人的一些情况。一切都明白了，眼前这个漂亮女人就是这家人的女主人，是那位高个子男人的第二任妻子，也就是余小明的生母。真是无巧不成书，没有想到会在这里以这种方式遇着。他想，既然小明不愿吭声，于是代小明回答："情况是这样的，我的小孩吴小亮和余小明是同班同学，也是常在一起玩的好朋友。小明说，他爸爸今晚到医院上夜班，只有他一个人在家。中秋节嘛，他一个人在家寂寞，他爸爸叫他出来找同学玩玩。他和小亮先来江边玩耍，顺便捡一点废品卖，小明是帮小亮捡的。我是事后出来找到他们的。一会儿我和他们两个一起回去。我会送小明回家的，你放心好了。"

漂亮女人听了吴志强说的情况以及看到余小明的抑郁沉默的神情，她深感因为她和小明父亲的离婚，本来幸福的家庭解体，在小明幼小的心灵所造成的创伤和留下的阴影至今仍未消散。作为一位母亲她心中泛起难以言状的愧疚与难过。

目睹了刚才这一幕的高个子中年男人见站在他旁边的不明底细的两个民警诧异的神情，脸上写满了问号，显得十分尴尬，欲尽快摆脱这种难堪的局面。于是迅速地又从钱包再拿出1000元递给吴志强："喏，这位大哥，不管是谁捡的，我一起答谢你们，每人500元，请笑纳。"听了他后面说的这句话吴志强恼怒了，语气严肃地说："先生，你错了，你以为我们嫌你刚才给的钱少吗？如果我们贪钱，就不会把钱送到这里来了。"

"那是，那是。"

紧接着，吴志强一语双关地说："先生，你这么大方，大概很有钱吧，而且钱也来得很容易吧。"他说完这句话，立即招呼小亮和小明："时间不早了，我们回家去。"

高个子中年男人和漂亮女人的脸色煞时灰白，愣愣地站在那里望着他们三个人的身影渐渐远去……

节日的夜晚，外面很热闹。而医院的病房却很安静。到病房来探视病人的亲友都先后回家了。原先烦躁疼痛的病号经医护人员精心诊疗也先后安睡了。不停地忙了好一阵的主治医生余坚和值班护士叶梦玲总算可以坐下来歇一歇，享受一下节日的快乐。余坚和儿子余小明通完电话之后，叶梦玲又用一个小叉子叉了一小块月饼递给他。

"谢谢。"余坚接了过来，继续品尝着，似有所思。

随后，叶梦玲往他的杯子斟茶。余坚向她投以感激的目光，说："小叶，我自己来，这样客气，我不敢当呵！"

"余医生，我们共事已好几年，老同事了，有什么不敢当哦，随便一点嘛。"紧接着，她又半认真半开玩笑地加了一句："你给我斟也可以嘛。"

余坚听了微微一笑："那是，那是。"

果然，等叶梦玲将茶杯里的茶喝了一半之后，他拿起暖水瓶为叶梦玲的杯子加了满满的水。叶梦玲抿着嘴甜甜地一笑，不说话。之后，两人就陷入沉思，默默地品尝着月饼，缓缓地喝着茶。

余坚品尝完月饼，从椅子上站了起来，移步到室外的小阳台呼吸外面的新鲜空气。他仰首望苍穹，明月高挂，心头泛起对亲人的思念，含辛茹苦供自己上大学并当了医生的年逾古稀的父母远在家乡，未能和儿孙同享天伦；而自己原本生活美满的三口之家又已解体，至今未再娶；此刻他上夜班，让儿子独自度中秋。他感到对不起他们……

"余医生，外面起风了，阳台风大，别着凉，进来坐吧！"叶梦玲走近阳台门关切地叫了一声，打断了他的沉思。他对叶梦玲微微笑了笑，转回办公室。就在此刻，他意识到作为一个节日值班医生应当专心致志于自己的职责，不应让儿女情长的杂念渗入脑中干扰。"小叶，我到病房去巡查一下。"他边说边走出办公室。叶梦玲对他的敬业精神投以敬重的目光。因为她清楚，余坚的巡查是例行查房之外临时加的。

余坚走出办公室到病房巡查了一会，电话铃响了，叶梦玲拿起电话："你好，哪一位？"

"我是急诊室。"对方回答。

"什么事？"

"外面发生了一起车祸，我们按照 120 的指令，接回一个重伤员，请你们骨科马上派个医生到急诊室参加抢救……"叶梦玲即时到病房向正在巡查的余坚报告。听了叶梦玲的报告，他急匆匆地赶到门诊急诊室。在急诊室门外的椅子上，坐着一个漂亮女人搂着一个六七岁的孩子。漂亮女人显出忧心忡忡、焦虑不安的神情。当余坚的目光和她的目光相接时，两人同时一愣，怔住了。她神情错愕，而余坚随即镇静下来，把目光从漂亮女人身上移开，径直走进急诊观察室。接伤员回来的急诊室医生莫志平向他简要报告：

在沿江马路发生了一起车祸，开着一辆小轿车的司机来不及躲闪，和对面开过来的一辆面包车相撞，坐在驾驶座的司机重伤，流了很多血。坐在后座的母子俩只是受到了惊吓，无明显外伤。听了莫志平的报告，余坚立即对躺在急诊床上的重伤员进行检查，发现两根胸肋骨骨折，可能是由于驾驶盘的冲撞所致。面额部被震碎的挡风玻璃划伤多处，满脸是血。伤者合着眼，说话困难。

"马上送手术室。"余坚快速地检查后对护士命令道。当余坚和护士将躺着伤者的移动床推出急诊室的门口时，坐在椅子上的漂亮女人蓦地站了起来，迎着移动床，走近跟前，语带哽咽："求求你，救救他。"余坚没有答话，也不看那女人一眼，和急诊护士一起推着移动床将伤者推进手术室。在麻醉医生的配合下，余坚和手术室护士小琼对伤者进行了有条不紊的伤口消毒和固定包扎处理。他转向看了看监护仪，发现心电图图像和血压均出现异常，他判断是由于外伤失血太多所致。就在这个时候，一个护士将在急诊室已送检的查血报告单送了进来。他一看，伤者是"O"型血，血色素大大低于正常值。他当即决定输血1000毫升，并命护士小琼马上和血库联系。血库回答，由于今天有两个病人输了"O"型血，血库现存的只有 200 毫升。怎么办？

"请血库马上和市中心血库联系，请求他们给予支援。"他迅速地向护士小琼交代。

经医院血库和市中心血库联系，得到的回答是，市中心血库只能供给 300 毫升，不足部分由医院自行想办法解决。时间紧迫，余坚稍为思考，叫护士小琼和伤者的家属商量，看能否找到同为"O"型血的亲友，动员其自愿前来献血抢救伤者。护士随即出去找伤者家属。伤者的家属即那个漂亮的女人已坐在手术室外面走廊的椅子上。她正在用手机和外面通电话："亚菊，你快一点到ⅩⅩ医院手术室外面的走廊上来，把斌斌接回去。你别问了，来了你就清楚了。你打的过来。愈快愈好。"

"是伤者谭冠的家属吧？"护士走近漂亮女人跟前问。

"是的。"

"你是他什么人？"

"是他的妻子。"

"贵姓？"

"免贵，姓佟，叫佟丽兰。"

"现在情况是这样的……"护士小琼将伤者的伤势和失血情况，需要输血的血型、数量等等，一一向她说明了，问是否可以和单位、亲友联系，动员同血型的人前来自愿献血。

"行，我现在就打电话联系。"她立即打开手机，一个一个地拨号……

在手术室，余坚问护士小琼："血型交叉试验结果报告出来了吗？"

"出来了，刚拿到，没有问题。"

"那好，先输医院血库的血。"余坚下令。

过了一会儿，在伤者家里当保姆的吴亚菊赶到。

佟丽兰将发生车祸谭冠重伤的情况向她讲了之后，叫她把斌斌带回家休息。吴亚菊带着斌斌正欲走时，佟丽兰又突然问："亚菊，你在城里打工的亲友或同乡有没有人愿意献血的？如果有，就请他来验血型。血型能相配，我会给报酬的。"

"做什么？"吴亚菊不解。

"我先生受伤，流了很多血，需要输血抢救。医院血库的血不够。"

"哦，是这样。我回去就打电话问熟人。谭太，我会尽力的。"

吴亚菊把斌斌带走后，佟丽兰在焦虑疲惫中似睡非睡地合着眼打盹。余坚因到洗手间经过手术室门外的走廊时，看见坐在椅子上的佟丽兰蜷缩着身子打盹，停住了脚步，思索了一下，又踅足走进了手术室，叫护士小琼拿了一件叠着的干净工作服跟着他出来走到佟丽兰跟前，他向护士小琼示意："你把工作服给她披上，深夜秋凉，免得她着凉生病。"紧接着，又加了一句："如果她醒了，你跟她说，我们会尽力抢救她先生的，不必担心。"

"好的。"

余坚从洗手间返回时，又停住脚步，注视了一下披上了一件医生工作服打着盹的佟丽兰，然后回到手术室。

过了大约半个钟头，给佟丽兰披上工作服的护士小琼经过走廊时，发现工作服已滑落地上，于是捡了起来再给她披上。就在此时，蒙眬中的佟丽兰睁开眼睛看见自己身上披了一件医生工作服，又见跟前站着一个护士，一切都明白了，她随即站立起来，很感动地对护士说："谢谢您，谢谢您。"

"不用谢我。"护士小琼谦虚地说，"要谢就谢我们的余医生，是他看见你坐在这里打盹，怕你着凉，吩咐我做的。"说完，又加了一句："余医生还要我跟你说，我们会尽力抢救你先生的，不必担心。现在正在给他输血。不足的部分，要等待自愿献血的人前来抽血。"

"我已给单位和亲友打过电话了。"稍停佟丽兰又补充一句，"请你代我谢谢余医生。"说这句话时，她喉咙哽咽，眼噙泪水。

就在这个时候，一个中年男子和一个年轻男子来到她的跟前。"董科长，你们来啦。"她叫唤了一声。这个中年人是局办公室秘书科长叫董祥。

"佟经理，谭局长现在怎样？"董祥问。"具体情况我也不太清楚。护士告诉我正在输血。医院血库的 O 型血不够，等着人来献血。"

"我一接到您的电话，就给各个处室负责人打电话，请他们尽快了解一下各处室有无 O 型血的人，如果有就做做工作，动员他们前来献血。"董祥说到这里，他的视线转向站在旁边的那个年轻人，向佟丽兰介绍："这是林岳锋同志，刚从外单位调到我们局总务处工作。他是 O 型血，他很乐意给谭局长献血。"

"谢谢你，谢谢你。"佟丽兰很感激地对林岳峰说。"我现在就告诉医生。"她引着林岳锋走到手术室门前，轻轻地敲了一下。护士小琼走了出来，问："你有什么事吗?"

"这是来给谭冠献血的小林同志。"佟丽兰向护士介绍道。

"就他一个吗?"

"是的，他是 O 型血。"接着又介绍走过来的董祥："他是 X 局办公室董科长。"

"我们通过各个处室了解，只有小林的血型和我们谭局长的血型相配。"董祥对护士小琼说。

"跟我来。"护士领着林岳锋到血库抽血化验，看是否符合献血的各项要求。同时又对佟丽兰说：

"只有一个人献血还不够噢，还得有人来献啊！"

佟丽兰正在焦急之际，保姆吴亚菊带着一个四十多岁的中年人来到她的面前。当她的目光和来者相对时，她一愣：是他！他不正是带着自己的孩子和她的儿子余小明归还捡到谭冠的钱包而又拒绝接受报酬的硬汉子么！正当她不知所措的时候，吴亚菊向他介绍："谭太，这是我的堂兄吴志强，他听到我说的情况后，乐意来给谭局长献血。"

"我们前几个小时还见过面。"佟丽兰激动地对吴亚菊说："就在前不久你哥他带着捡了钱包的孩子，亲自将钱包和里面的钱一分不少地归还给我们老谭，还不收一分钱报酬，现在又来为老谭献血。"随之对吴志强说："吴大哥，我真不知道该如何感谢您啊！"

"不用谢。我只是做自己该做的事情。只要能帮得到，我就帮。特别是这种救人命的事。"吴志强淡然地说道。

"我哥是很实在的人。"吴亚菊在旁边插话，"谭太，怎样献，您安排吧。斌斌一个人在家里睡，我得先回去照料。"之后她又和吴志强打了个招呼，就走了。

吴志强由护士小琼领着走进了血库抽血检验。经化验，正是属于 O 型，其他各项指标亦符合要求。他一共献了 300 毫升。当他出来向佟丽兰告辞时，佟丽兰从一个钱包中取出一沓红色百元钞票塞给他："吴大哥，这是给您的一点营养费。您献了血，吃点营养的东西补补身体。"吴志强盯了一下她手上的那一沓钞票，没有接，只淡淡地说了一句："谭太，我是献血，是为了救人命，不是卖血。我不需要靠卖血养活自己。"

"吴大哥，您误会了。我是真心诚意感谢您的。亚菊在我面前提到过您，说您是个硬汉子。但是，您帮助了我们，我们也理所当然要感谢您啊！再说您收废品卖，也挣不到多少钱，又很辛苦。吴大哥，这是我的一点心意，请您笑纳。不然，我心里不安啊！"她坚持要把钱塞给吴，但是吴坚决不接。他只说了一句："谭太，我收废品卖是挣不到多少钱。但没有钱的人，也不是干点什么事都要钱。"说完这句话，他迈开脚步向外面走去。佟丽兰愣愣地看着他高大的身影渐渐远去。与此同时，她的脑子里也出现了以往日自己的身影，两个身影的反差实在太大太大。她深感自愧……正当她遐思的时候，手术室护士小琼走到她的面前告诉她："现在已为你的先生输了将近400毫升的血，刚才那一位吴先生献的300毫升正准备接着输，估计还不够，还要再加二三百毫升左右。你看能否再动员一个你的亲朋好友前来献血？因为你先生失血太多，输了近400毫升，心电图、血压仍未正常，还处于昏迷状态，所以还要输，估计要输到 1000 毫升左右才行。"

"好的。我马上打电话联系。"佟丽兰立即打开手机，又和几个人进行了联系，等待回复。

此时已是深夜，抢救伤者已好几个小时。极为疲惫的余坚嘱助手和护士小琼继续密切注意观察伤者的病情变化。他趁空隙坐在一张椅子上打盹。过了二三十分钟，他睁开蒙眬的眼睛，走近监护仪看了看，伤者的体征仍未完全脱离危险，而现在血又快输完。他怕伤者的病情逆转，于是他叫护士小琼到外面问伤者家属，增加献血的人找到了没有。家属对她说，因为是深夜很难找到人帮忙。找到的几个人，我请求他们去了解了解看有没有合适献血的熟人，但到目前为止，还没有回音。她心里也十分焦急。护士小琼只有转回手术室将情况禀报余坚。余坚听了后，蹙眉沉思，怎么办？时间不容再拖耽误抢救的时机。蓦地，他毅然做出决定："从我身上抽200毫升，我是O型。"听到他突然这么一说，在场的几个助手和护士小琼都感到十分惊讶。

"余医生，您的身体行吗?"手术助手何医生表示担心。

"是啊! 余医生，您去年做手术还晕过哩。"护士小琼接着何医生的话，不无担心地说道。

"根据伤者现在的情况，还必须再输200毫升以上的血，伤者才能完全脱离生命危险而不逆转。而伤者家属又一时再找不到人来献，不能延误时机了，救人要紧，就抽我的吧，没有事的，你们放心好了。"接着他对护士小琼说:"来，抽吧，拿去化验。"经化验他的血型各项指标符合要求，余坚要护士小琼从他身上抽取了200毫升血。承接前面血已快要输完的吊瓶，及时补充，没有耽搁一分一秒。鲜红的血一滴一滴地继续往伤者血管注入……

心情十分焦急，精神极其疲惫的佟丽兰坐在走廊椅子上合了一会儿眼又不安地睁开。如此循环反复，时不时向手术室那边张望。正当她打着盹，睁开蒙眬双眼的当儿，一个穿着白大褂的医生和一个护士从她的面前匆匆而过，然后进入手术室。处于忧虑、担心，状态敏感的她，马上意识到：是否出现了紧急情况，需要增加参与抢救的医生和护士？她心里极度忐忑不安。但她又不敢贸然上前打听。

过了一会儿，刚才走过的那个护士和手术室护士小琼两人推着一张四轮移动床从手术室出来，上面躺着一个盖着被单的人。虽然她并不清楚上面躺着的人是谁，但她再也忍不住了，蓦地从椅子上站了起来，走上前去，十分焦急地问："医生，我的先生他怎么啦？"

"他不是你的先生。"护士小琼回答，"他是我们的余医生，是抢救你先生的主治医生余坚。"

"他？"佟丽兰脑子里"嗡"了一声，感到十分突然："余医生他怎么了？"

"我们现在要送他到病房去，回来再和你解释。"小琼一边说，一边和那个护士推着移动床向内科病房走去。

佟丽兰心里很慌乱，焦急地等待着，她想知道究竟发生了什么事情？过了一会儿，护士小琼转了回来。她焦急地问："医生，余医生他怎么了？"

"我们的余医生为了抢救你的先生，连续工作了五六个小时，后来又为你的先生献了200毫升血，他的身体本来就不怎么好，献完血，由于过度疲劳、身体虚弱，支持不住，忽然晕了过去……"紧接着，又加了一句，"遇着我们的余医生是你先生的福气啊！"

"余医生他现在情况怎么样？"她忧心地问。

"他已送到内科病房输液、休息。"

"那现在我的先生怎么样了？"

"已派另一个医生接管，你放心好了。"

护士小琼进手术室后，佟丽兰脑子里昏昏沉沉的，蓦地坐在椅子上。

过了一会儿，护士小琼从手术室出来对她说："你先生的血压、心电图已基本恢复正常，人也清醒了，已脱离生命危险。你不必担心，可以回家去休息了。"

"谢谢你们！谢谢你们！"她声音发颤，十分激动，哭了。

佟丽兰回到家里，疲惫不堪，没有洗漱，就往床上一倒。但她无法入睡，思绪纷纭。此时此刻，她不仅仍在担心谭冠的伤情，更在担心抢救谭冠而晕厥的余坚，眼泪不住地流。她为什么会如此情伤？这还得回到十多年前……

二、真情相慕

　　深秋的一天。山区某市。傍晚时分，正下着毛毛细雨，吹拂着令人感到冷意的飕飕寒风。在市第一中学校门的门廊上，一个杏仁眼，瓜子脸的漂亮少女站在那里仰望天空，期盼着雨停下来好回家，因为她步行回去要三四十分钟。她就是这所学校的校花——佟丽兰，大家都叫她"亚兰"。就在这个时候，同班同学、班长余坚走了过来站在她的跟前问："亚兰，你还没有回家，没有带雨伞是吧？"

"是的。"佟丽兰答道，"等雨停了再走。"

"我也没有带伞。没有预料到会突然下起雨来。这雨也不知道什么时候能停，你回家又要走这么远的路。"

"是啊，真有点麻烦。"

"这样吧，我的家路近，只隔着一条街，我现在就去给你拿把雨伞来。"

"下着雨，你怎么回去？会把衣服打湿的。"

"不要紧，几分钟就跑到了。你在这里稍等一会。"说着，他抬起腿，快步跑了过去。

大约过了不到二十分钟，他就气喘吁吁地匆匆赶了回来。一只手撑着一把伞，另一只手拿着一把伞，走到佟丽兰的跟前，将手上拿的那一把递给了她："天黑了，快点回去吧。"

"谢谢你。"她那感激的目光投向余坚。

"老同学不用这么客气。"余坚说的没有错，两人初中、高中都是同班同学。

两人各撑一把伞，默默地同走了一段路，来到一个岔路口，余坚突然停住脚步，对佟丽兰说："天都黑了，我送你回去吧。"他怯生生地说。虽然他们同窗已近六年，但他们还从来没有两个人一起走过路呢，更不用说在临近天黑之时送她回家。再说佟丽兰不论是身材和容貌在学校都是首屈一指的，有着很强的自尊心，不轻易和男同学接近。因此，他提出送她回家，她会同意吗？信得过他吗？当然余坚也有着一种自信：他是班长，是本着对同学的关心，是出于对一个女孩子人身安全的考虑，他相信佟丽兰理解他的用意。因为余坚知道佟丽兰的家并不在城里，是在城市边沿的郊区农村。虽然学校离城郊不远，城郊也有条马路，但走一段马路后，还要从马路下去步行走二十多分钟的乡间小道才能到佟丽兰的家。即使骑自行车的人,这一段小道也只能推着走。所以佟丽兰每天上学都是步行。对于一个女孩子来说,天黑之后要走这么长的路实在不安全。然而,佟丽兰对他提出送她回家的这一想法,听了只是一愣,睁着一双大眼直看着他,不置可否。

"亚兰,请你相信我,我一定把你安全送到家。"余坚见她似有些犹豫,补充了一句。

佟丽兰见他这样诚恳,点头同意了。但说了一句:"如果你送我回家,要耽搁很长时间,漆黑漆黑的你怎么回来呢?"

"那没有什么,我是男孩,天黑走路也不会有人为难我,你说是吧。我马上回去和家里说一声,你稍等,我一会就来。"他说着三步并作两步,向家里走去。不一会就转了回来对佟丽兰说:"我爸妈都同意,说应该这样做。"紧接着就催佟丽兰,"走吧,别耽搁时间了。"

他们虽然初中、高中都是同班同学，但两人并排走着，而且又已近天黑了，情窦初开的少男少女难免会有点拘谨，但此时此刻在他们心中都有一种静悄悄的甜蜜的感觉。

佟丽兰的家坐落在一片果园的一个小山丘旁。村子不大，只有几十户人家。村前错落有序的田畦上，分别种着墨绿青翠的各种各样的蔬菜，坡高一点的种着番薯。佟丽兰的家在村子的东头。进入院子的门，一只摇头摆尾的长着一身蓬松浅黄色长毛的看门犬热情地迎接他们进去。院子正中三间砖木结构的平房并列着。中间的是一间厅堂，两侧是卧室。另外在院子里的右侧还有两间只有半边斜瓦房顶的小房，一间是小卧室，一间是小厨房。当佟丽兰引着余坚走进中间的厅堂时，她的父母正在厅堂忙着摆弄白天挖回来的一堆番薯。有的放在一个大筐箩中准备挑到城里去卖。有的连薯藤一起一扎一扎地捆着，有太阳时放在院子里晾晒，晒干了储藏起来慢慢吃。这种晒干的番薯吃起来很甜很甜。

"爸，妈。"佟丽兰走进厅堂时，亲昵地叫了两声。父母同时抬起头仰视女儿。"你回来啦！今天咋这么晚回来啊？"母亲问。

"今天下午老师在班上给我们上辅导课，同学提问的多，老师要一个一个地解答，到了下课时间还没解答完。要下课了，天下起了雨，等了一会儿，耽误了时间……"她说到这里，扭转头向着后面的余坚，给父母介绍："爸，妈，他是我们班上的同学，叫余坚，也是我们班的班长。他借给我一把雨伞，说要天黑了，一定要送我回来。"

"孩子，谢谢你！谢谢你！"她的父亲连忙站起来，一边说，一边将旁边一把椅子移过来："孩子，你坐，你坐。"

"亚兰，你倒茶给同学喝呀！"她的母亲催着女儿。同时也站了起来。

"大叔，大婶，我和亚兰是老同学，不用客气。我马上就要赶回去的。"

"孩子，天都这样黑了，今晚就不回去了，就在我们这里吃饭。"亚兰的母亲极力挽留。

"我们这里有住的地方。"亚兰的父亲插话，"亚兰弟弟一个人住一间房，你就和他一起在一间房休息，垫的盖的都有。"

"大叔，不麻烦了。"余坚决意推辞，"我要赶回去帮家里做点事呢。"

"孩子，你家里事情很多呀？"亚兰父亲不解。

"也不是很多。"余坚解释，"我妈是做衣服的，为了赶工，往往停不下来做家务活。多数家务活都是我父亲做，但我父亲又有咳喘病，一到秋凉就容易发作。所以我放学回到家，就要尽量为家里做点事，减轻父母的负担。今天是周末，明天是星期天，更要尽可能多地为家里做点事。不回去，我爸妈也会记挂的。"

佟丽兰的父母听了余坚的解释十分感动：多好的孩子啊！

"好孩子，那就不强留你了。不过外面还飘着雨，天黑漆漆的，你一个孩子走路，我也实在不放心啊。要不，我送你回去吧。"亚兰的父亲不无担心地说。

"大叔，不用。不必担心。我是个男孩，身上又没一分钱，不会有人为难我的，路又不是很远，我一会儿就到家了。"他说着就要起步向外走。

"那你等一等，我给你拿支手电筒来。"亚兰的父亲一边说，一边从房子里拿出一支手电筒交给余坚："孩子，用电筒照照路，注意不要摔跤。"

接着，亚兰的母亲又从房子里拿出一小竹篓鸡蛋给余坚："孩子，我们农村没有什么东西送给你，就拿几个农家鸡蛋给你父母吃吧。"

余坚不接。"大婶，我家里有。你们自己留着吃吧。"

"孩子，这是我们自己养的鸡生的蛋，又不是什么贵重的东西，你就拿着吧。"站在旁边的亚兰的父亲插话劝道。

余坚还是不愿接，犹豫着。这时，站在母亲跟前的亚兰接过母亲手中的那一小箩鸡蛋："妈，我来给他。"

在余坚向亚兰父母告辞走出厅堂门之时，亚兰跟着走了出来送他。走出院子的大门，余坚驻足，目光直视亚兰："不要送了，你进去吧。"

亚兰将那箩鸡蛋递给他："拿着。"

"我说不要，怎么你又拿出来哦？"

"不要啰唆了，我爸妈这样诚心诚意，你就接嘛。"亚兰说着将那箩鸡蛋递给他，见他仍不表态，于是有点生气了，说："你不接，那我就一直提着送你到家里，今晚就住你们家里。"

听了亚兰说这句话，余坚心里蓦地激动起来，目光停留在亚兰的脸上，在昏暗的光线下，两人目光相接，双方都忽而在心中迸发出了一种少男少女相互爱慕的火花。

余坚终于接过亚兰手中那一箩鸡蛋回到家里。而亚兰亦在心情激动、甜美中转回厅堂。

"亚兰啊，亚坚这个孩子真是懂事，真乖喔！"亚兰的母亲十分赞赏地说。而她的父亲没有说什么，只是微笑着。显然他是赞同妻子的评论的。

佟丽兰听了母亲对余坚的评论，心里很高兴，而且她心里也明白母亲讲的这些话是有意说给她听的，是在示意她可以和余坚进一步往来。事实上也是这样。自此之后，他们就常在一起复习功课准备高考。

冬去春来，很快就到了高考报名的日子。他们两人坐在教室里商量报考什么专业，佟丽兰问余坚："你准备报考什么专业?"

"医学专业。"余坚毫不犹豫地回答。然后反问："你呢?"

"经济管理专业。"佟丽兰爽朗地答道。

"你怎么喜欢上医学专业的?"佟丽兰好奇地问。

"这和我父亲患咳嗽哮喘病有关。他一到天气转冷，这个病就容易发，一发就很辛苦，不能好好吃，不能好好睡，全家人都不安。每次送他到医院看病，医生给他诊治好了，你不知道他有多高兴呵！他说医生是救星，让他又能干活了，能睡好觉了。所以我想当个医生，解除病人的痛苦，多有意义的职业啊！"余坚说完这一长串的话后，问佟丽兰："你为什么喜欢经济管理专业啊?"

"我的想法很简单，经济管理嘛，顾名思义，就是管钱的嘛，说具体一点就是管理怎样赚钱的，怎样发财的嘛，我就是喜欢干这种职业。"

余坚听了哈哈一笑，然后说："经济管理的内涵、定义我也说不清，但我觉得你刚才说的似乎不全面。"

"不管全面不全面，我认为只有懂得经济管理的人才懂得怎样赚钱，怎样发财，怎样富起来。"

"我没有你想的这么多，这么远。我现在想的是踏踏实实地复习好功课，能考上医学专业，将来当个医生，我的愿望就实现了。"

"你这么努力，学习成绩一向这么好，一定能考上，将来当个大医生，挣大钱。"

"你说得离题了，怎么总是要和钱挂钩呢。我可没有想到这些。"

"没有离题。我们现在复习功课准备高考，选择好专业，不就是为了将来有个好职业，过上好生活嘛。你说是吧？"

"算了，不讨论这个了。过几天就开始报名了，分秒必争，抓紧时间复习功课吧。"为了避免佟丽兰每天从市郊农村到学校来回跑路花时间、精力，他建议佟丽兰就住在他的家里一起复习功课。让她住在他的卧室，而他自己则和隔壁的堂兄弟同住。佟丽兰微微一笑，点头同意了。

佟丽兰经征求父母的意见，他们也表态同意了。

佟丽兰到余坚家里住的第一天，佟的父母让她带来了一小笼鸡蛋和一袋番薯粉丝。余坚的母亲从佟丽兰手中接过这些礼物时心里很高兴。每天晚上当余坚和亚兰复习完功课，余坚母亲就煮粉丝鸡蛋给他们消夜。佟丽兰住在余坚家里一个星期，白天和余坚到学校听辅导课，晚上在家里复习，虽然感到很紧张，很疲乏，但又感到从来没有如此温馨，如此甜美，心里充满阳光。

然而，就在高考的前一个多星期，正在家里复习功课的佟丽兰忽然感到头有点不适，她下意识地用手摸了摸额头，觉得有点发烧，胸部感到憋闷，还有些咳嗽，她告诉在厅堂复习功课的余坚，余坚用手摸了摸她的额头："是有点发烧喔！"接着又加了一句，"我送你到医院看看吧。"

佟丽兰犹豫了一下，说："过一会儿看看情况再说吧。"

然而，过了一个多钟头，情况并未好转，佟丽兰感到发烧更厉害，咳嗽更频繁，而且痰多，头还有些疼痛。坐在旁边的余坚又伸手摸了一下她的额头："哦，是很烫啊！我送你到医院去看吧。可能是前天淋了雨感冒了，不能硬扛把病拖重了。"

余坚送佟丽兰来到市人民医院，挂了急诊号，经急诊室护士测体温，高烧39度。通过检查，诊断为重症感冒合并支气管炎。需要在急诊室治疗观察。佟丽兰躺在急诊室的治疗观察床上，上面吊着输液瓶，药液一滴一滴地注入佟丽兰的血管。

"你回去休息吧，我自己在这里打针没有关系。"佟丽兰对余坚说，"烧退了，我自己回去就行了。"

"等你退烧了，一起回去。"余坚还是坐着不动。

"你先回去复习功课。你陪在这里，耽搁了你的时间。"

"不要紧，能否考好，也不是这一两天的问题。"

一连输了两瓶药液，时间已到了下午六点多钟，体温虽然已经降到 38 度，但医生说，需要继续观察治疗，待体温完全正常后才能回家。护士按医嘱又拿了一瓶药液来接着输。

"她能吃饭吗?"余坚问护士。

"可以吃些稀粥或面条之类的东西。"

护士走了之后，余坚对佟丽兰说："我到街上去给你买面条吃，好吗？"

佟丽兰以一种感激的目光直视着他，点点头。"哦，我拿钱给你。"一只手伸进了衣袋。

"不用，我这里有。"余坚说着，走出了观察室的门。

过了不大一会儿，余坚端了一碗面条回来放在病床旁边的茶几柜上："饿了吧。现在吃，还是稍过一会儿吃？"

"不饿，等一会儿吃。"接着又说了一句，"把你累坏了，你坐一坐，歇一下。"佟丽兰的目光充满柔情，轻声地回答。

过了一会儿，余坚用手触摸了一下盛着面条的塑料碗："凉了，可以吃了。"并伸出手将还躺着输液的佟丽兰小心地扶了起来靠床栏坐着。当他把那碗面条端起来递给佟丽兰时，他才悟到她的另一只手还连着一根输液管打吊针，怎能自己端碗吃？碗放在床头茶几柜上，一只手拿着筷子吃，很不方便，于是说："我来喂你吃吧。"

佟丽兰不置可否，只是用一双眼望着他。余坚会意了，他拿起一双筷子夹着面条喂入她的口中。就在这个时候，余坚的母亲用篮子提了三个不锈钢小罐子走了进来，发现余坚正在喂佟丽兰吃东西，说道："亚坚，你买面条给亚兰吃啦。我下午要给顾客赶做一件衣服，做饭晚了，让亚兰饿肚子了……"

"伯母，我给你们添麻烦了，也耽误了亚坚复习功课，实在过意不去。"

"孩子，你可别这么说，只要能做得到的，我们都会尽力去做的，让你尽快把病治好。亚坚是你的同学，照顾你也是应该的。"

听了余坚母亲说的话，佟丽兰心里很感动。

余坚母亲接着说："亚坚，我带来了饭，炒了豆腐干，蒸了一条鱼，还有鸡蛋汤，亚兰吃完面，再吃点饭吧，两个人都够吃的。"

"伯母，这碗面我都吃不完。饭给亚坚吃吧，他还没有吃呐。"

"能吃就多吃一点。吃不完就留着，没关系。"

"妈，您先回去，我在这里照顾就行了。"余坚插话。

"是啊，伯母，您老人家辛苦一天了，回去休息吧。"

"那好。"余母叮嘱，"亚坚那你照顾好亚兰啊！"

余母走后，余坚喂完亚兰，才自己端起碗吃饭。

输液一直到深夜。佟丽兰在输液中睡着了。余坚也实在困得不行，就趴在床边的茶几柜上打盹。值班护士进来查看输液情况，见药液已经输完，叫醒了佟丽兰，拔掉她手上的输液管，并复查了体温。看见趴在茶几柜上打盹的余坚，默默地注视着。待余坚睁开蒙眬的双眼转向正在注视着他的佟丽兰时，两人的目光相接了。"亚坚，让你辛苦了。"她心疼地说。

"没事，你好些了吗?"亚坚问。

"我觉得好多了。刚才护士进来拔了吊针，量了体温，只是还有一点点烧。"

"那就好，那就好。"余坚显得很高兴，问道，"明天可以回去了吧?"

"护士说，要等明天医生检查后才能定。"

"那也是。你躺下继续睡吧。"余坚对佟丽兰说。

"那你呢?"

"我没有关系。坐着也行，再打一下盹也行。"

"我看你也很疲倦了，再睡儿吧。千万不能把你也累病了。"

次日，医生对佟丽兰进行了各项检查，认为还需要继续打吊针治疗观察，待体温完全正常，炎症完全消失后才能回家。

这一天清早，医生刚检查完佟丽兰的病情，继续打吊针，佟丽兰的母亲提了一小篮子鸡蛋和一只活鸡，一大清早就从郊区赶到医院来了。

"妈，您怎么来了？"正在打着吊针的佟丽兰见母亲走进观察室有点诧异地问。

"亚坚妈昨天晚上给我打了电话，说你病了住在医院。"佟丽兰妈答道，"你生病了，怎么不告诉家里啊？我和你爸听了都急死了，一夜都没睡好。"

"大婶，当时以为只是小感冒，吃点药就没事了，不知道发烧合并支气管炎，所以没及时告诉大叔大婶。"坐在旁边的余坚一边站起身让座，一边解释道，"现在已经好多了，烧也退了。大婶您不用担心。"

就在这个时候，余坚的母亲提着一个篮子，上面放着两个饭盒，给亚坚和亚兰送早餐来了。"大婶，这是我妈。"余坚向亚兰母亲介绍道，并将邻床旁边的一张空椅子移过来给母亲坐。

"昨天晚上大姐和我通了电话，没见过面。大姐身体好吧！这次我们亚兰在你们家住，在你们家吃，生了病又得到你们全家人照料，真不知道该怎样感谢你们啊！"亚兰母亲说了一连串感激的话。

"大妹子呀，亚坚和亚兰是初中、高中的同学，互相关心，互相照料，是应该的，大妹子，不必客气。"两位老人的目光不约而同地转向亚坚和亚兰身上，显出一种会心的微笑。

"哦，让他们俩吃早餐吧。"余坚母亲一边说，一边将盛着米粉的饭盒从篮子里拿出来给亚坚和亚兰吃。

"妈，我等一会儿吃。先让亚兰吃。"余坚说。

"是的，是的。"亚坚母亲点头。

亚坚拿起饭盒坐到床边，正要喂亚兰吃时，亚兰的母亲走了过来，对亚坚说："孩子，我来喂，你自己吃吧。"

"大婶，您刚走路来累，坐着休息一下，我来喂。"

"孩子，我走这么一点路算什么哟！你这两天照料亚兰够辛苦的。"亚兰母亲不由分说，从亚坚手里接过饭盒，将米粉一口一口地喂亚兰吃。

待亚坚和亚兰吃完之后，两位母亲一起离开医院。亚兰母亲将带来的一小篮子鸡蛋和一只活鸡送给亚坚母亲，亚坚母亲不接："妹子，我们家里有，是一个农村亲戚前两天送来的。你就把它拿到街上去卖了吧。"

"大姐，你们全家对我们亚兰这么好，我真是感激不尽，我送这一点东西都不肯收下，那是瞧不起我们农村人。"

"大妹子，可别这么说。我收下，我收下。就给他们两个吃，补补身体。"

"对，对，他们做功课辛苦，是要补一补。我见他们两个比我上次见到时是瘦了一点。"亚兰母亲听见亚坚妈说心里十分高兴。因为她从亚坚母亲说的话中，感受到亚坚家里已把亚兰看作自家人了。所以她就趁着这个话题表示赞同亚坚母亲说的话。稍停片刻，她又有点神秘地说道："大姐喔，我有个想法……"但说了这半句就停住了。

"大妹子，你有什么想法尽管说。"

"以后我们两家人能成为亲家该多好啊！"

亚坚母亲听了亚兰妈说出这句话高兴地一笑，说道："大妹子，我和你想法一样喔。"你一句，我一句，两位老人心里乐滋滋的。

第三天，佟丽兰在余坚的陪伴下出院了。亚兰妈带来的医疗费不足部分，亚坚家里补足垫付了。

在高考的前两天，亚兰抽空回了一次家。她妈把自己从医院出来时和亚坚妈说的"希望以后两家人能成为亲家"的那几句对话说给她听了。亚兰听了只是笑了笑，不吭声。于是她母亲直接问："亚兰，你是不是很喜欢亚坚？和妈说真心话。"

佟丽兰的脸倏地绯红，撒娇道："妈……"

三、走向分岔路

　　两人夜以继日地刻苦复习功课，终于得到回报，他们同时被一所重点大学录取。余坚考取了医学院，佟丽兰考取了经济学院经济管理专业。他们同一天接到录取通知书。当他们两人来到学校和其他同学共同庆祝高考胜利的时候，佟丽兰对余坚说："我能考上要感谢你，感谢你们全家啊！"

"感谢什么喔，这是你自己努力的结果嘛。"余坚淡然应道。

"当然应该感谢。考试前的这些天，住在你们家，吃在你们家。生病住院你陪着，伯母送饭送菜，说心里话，我不知道该怎样表达我的感激之情。"

"这些都是平常事，同学之间的情谊，应该的嘛。"接着，余坚又有点腼腆地说，"我爸我妈都喜欢你。"差一点没有说出"我也喜欢你"这句话。其实他不说，佟丽兰也感受到了。此时，他们两人都忽然沉默不语了，只是两双眼睛对视着，心在加速跳动着。随之，余坚把目光从佟丽兰的面部移开，他有点不好意思了。

"我爸妈说，明天请你到我们家里去玩玩，好吗?"二人沉默了好一会，佟丽兰轻言细语地向余坚发出了这样的邀请。

余坚答应了："好吧，我明天上午去。"

次日清早，余坚骑了一辆自行车来到佟丽兰的家。她的父母热情地迎接他。中午做了一桌丰盛的农家菜招待他。

　　"我祝贺你们考上大学。"家宴一开始，佟丽兰父亲佟厚德举杯为他和亚兰庆贺。接着又很感慨地说，"希望寄托在你们身上。说出来惭愧，我高中毕业考了两次都没有考上。出去打工又因为身体条件适应不了，当时亚兰的爷爷奶奶又需要我照顾，所以只有回来种地。有的同学虽然也没有考上大学，但他们在城里有了一份很好的工作，有的还当了干部。而我……惭愧啊！"

　　"大叔，您可别这么说。"余坚接上亚兰父亲说的话，为他鼓劲，"我觉得您干得很好啊，搞出了这么大一块硕果累累的果园，种了一大片这么绿油油的蔬菜，还养了一群鸡鸭，谁看了都会羡慕啊！"

　　"亚坚喔，你是在给大叔鼓劲打气噢！说实在话，我是在拼命干，才搞出这么一点点成果。这哪能和在机关当干部，在城里开公司赚大钱的同学比哦。他们比我有能力，干得比我好。"

"爸，是没法和他们比。"女儿亚兰插话说，"但我并不认为是因为您的能力比别人差，更不是不努力。是因为我们家上面没有关系。前几天有个女同学给我说了句顺口溜，她说'欲当官，想发财，傍大腕，找后台'现实社会就是这样的嘛，所以呀……"下面的话，她没有说出来。

"亚兰，这种想法不对喔。不管社会上有没有这种情况，一个人的前途归根到底只能靠自己努力。如果自己干不出什么名堂来，一事无成，只能怪自己努力不够，没有能耐，不能怨天尤人。就算是有这种情况，那也是他（她）的事。一个正派的人、正直的人决不能这么想，不能走歪门邪道。这样的人，就算当了官，发了财，那也并不光彩，不值得羡慕。说实在的，我瞧不起这种人。"亚兰的父亲说。他虽然没有考上大学，但靠着自己在劳作之余看书读报，说起话来很有点水准，平时村里人很佩服他。

亚兰听了父亲说了这么一席话，尽管心里不以为然，但也不想和父亲唱反调，只有不再吭声。

"亚坚，你觉得大叔说得怎么样？"亚兰的父亲见大家都沉默着，干脆点名提问。

亚坚点点头："我觉得您说得很对。"

这一顿家宴，除碰杯喝酒，你一句，我一句，像是个讨论会，大家兴致很高，很热闹。

亚坚和亚兰带着对大学生活的向往，对未来前途的憧憬，一起乘车到省城 X 市的某大学报到。报到这天，亚坚和亚兰的父母都到汽车站送行。亚兰的母亲还专门给他们俩准备了一袋子熟鸡蛋在路上吃。快要上车了，四位老人对孩子充满期待，但又依依不舍。"孩子，你们到学校后要互相照顾啊！"临别时亚兰的母亲又对亚坚亚兰嘱咐道，"你们要注意身体喔。"

"大婶，我们会的，你们放心。"亚坚回答道。

"亚坚，凡事你都要多关照亚兰。"站在他们旁边的亚坚的母亲，又特别叮咛了一句。

上车了，亚坚和亚兰同时扭转头向四位老人道别："你们要保重身体！"汽车开动了，两人向车窗外挥手，"爸爸、妈妈，你们回家吧。"

在车上，两人心情兴奋，有说不完的话儿。经过三个多小时的车程，他们第一次来到省城 X 市。繁华的城市车水马龙，高楼大厦，各种各样的招牌、广告五彩缤纷。"多漂亮，多气派的城市啊！"在公交车上佟丽兰情不自禁地对余坚说。

"是啊！"余坚淡淡地应了一声。

他们在学校门前的公交车站下了车。佟丽兰只提了一个小包行李。其余的全由余坚左右开弓，又提又背，吃力地向图书馆前面的报到广场走去。

"你提这么多太累了，给一个包我拿。"在走了一段路后，佟丽兰对余坚说。

"没事。"余坚不让。

"给一个我提。你看你满头大汗了。"佟丽兰坚持要去接余坚手上的一个包。

"我说不用就不用嘛。走吧。"余坚还是不给。

就在他们向报到的图书馆广场走去时，后面响起了一阵"嗒嗒、嗒嗒……"的汽车喇叭声。走在后面的佟丽兰向路旁一闪，一辆锃亮的黑色小轿车从旁边缓慢地驶了过去。她的视线下意识地透过车窗投向车内，车的后座坐着一位学生模样的少女，很显然也是刚考上这所大学前来报到的。当她和余坚走到图书馆前面的广场时，那辆黑色轿车正停在路旁，那位少女从轿车出来，接着一位中年男人也从前面的驾驶座出来，和少女一起走到一个书桌前办理报到手续。少女对中年男人叫了一声："爸，你在椅子坐着休息一下，我来填表就行了。"佟丽兰看着这父女俩，心里十分羡慕，心里想，如果自己和余坚也有家长用轿车送来报到多风光啊！她站着遐想，却忘了到桌子前办理报到手续了。

"你怎么老站着呀？"余坚这突然一问，才使她回过神来，很不好意思，移步到经济学院报到台报到。

他们两人办理完报到手续。余坚提着、背着几个行李包，先送她到经济学院的学生宿舍。在经过的路上，图书馆大楼、教学大楼、科学馆大楼、行政大楼、宿舍大楼等建筑物一一映入眼帘，绿树掩映；路边的花圃各种各样的大花小花艳丽飘香；路旁的几个人工湖，湖水清澈，小亭倒影湖中，锦鲤沉浮。"校园真美啊!"余坚发出赞叹声。而佟丽兰却还沉静着刚才那一辆锃亮的黑色轿车里,思忖如果自己将来也能开着这样漂亮的小车回家乡多光彩啊!

余坚送她到了经济学院的学生宿舍,帮她铺床。因为她安排的床号是上铺,在铺床时要踩在床柱上的踏脚板上,当余坚踩上踏脚板时,不慎一滑,脚坠了下来。好在一只手还挽住床栏没有摔在地上。眼疾手快的佟丽兰一下子把他拦腰抱住,惊叫:"哟,小心啊!"余坚扭头:"好险噢!"他趁机下来吻了一下佟丽兰的脸。佟丽兰霎时脸红了。

接着佟丽兰又和余坚一起来到医学院的学生宿舍铺好床铺。此时已到了吃午饭的时间。他们一起向学生食堂走去。在经过垂柳飘拂的湖边时,前面一幢红墙绿瓦如古建筑一般的"伴月楼餐厅"竖立湖畔。清澈的湖水衬托着这一幢二层小楼,很是优雅。此时三三两两的食客走进餐厅。从他们的装束模样可以判断，大多数是刚入学报到的新生和陪伴来报到的家长。

"我们也进这个餐厅吃吧。"佟丽兰这样提议。

"在这里吃一定很贵，还是去前面的学生食堂吃吧。"余坚说道。

"我看也不会贵到哪里去。你看，这些进去的人我看大多数也是刚来报到的新生。他们能进去吃，我们为什么不能进去吃？"

"不是不能。每个人的具体情况、条件不一样，不能比。能节约一点就节约一点嘛。"

"这么优雅的餐厅，去尝试一下嘛，我买单。"佟丽兰似乎有点不高兴。

余坚犹豫了一下，无奈地同意了。他们一起进入餐厅，里面的装修虽然谈不上富丽堂皇，但也十分雅致，两边还有小包间。这对于从山区小城市来上学的他们来说，学校里面有这样的餐厅也确实是大开眼界。"好美的餐厅啊！"佟丽兰赞赏地说。他们选在大厅靠窗户的一张小餐桌坐了下来。服务员上来把菜单递给余坚点菜，余坚转递给佟丽兰："你点。"

"你想吃什么？"佟丽兰接过菜牌问余坚。

"我随便，什么都行。"余坚对进到餐厅吃饭并无多少兴致，淡淡地回答道。

佟丽兰点了特制糖醋松子鱼等三个没有吃过的特色菜。当他们吃完，服务员来结账时，一共吃了135元。一向用钱节省的余坚心里一怔：哇！将近他读中学时半个月的伙食费，他实在痛惜。但当佟丽兰掏钱买单时却被他挡住："我来买。"

"我说了我买单的嘛。"佟丽兰坚持要由她买单。

余坚坚持不让："不要争了。"最后服务员从他手上收了135元进餐费。

正式开学上课了。他们每天都在一个学生食堂进餐。有一次吃晚餐时恰好坐在一个桌子上。佟丽兰无意地瞟了瞟余坚的饭菜盘，发现余坚的盘子里只有一份炒青菜，此外就只有米饭。接连好几次同在一个桌子上进餐，她看见余坚的盘子里，要不是单一的青菜，就是单一的豆芽或单一的豆腐，最高档的一次是鸡蛋炒番茄。她心里想：他怎么这样节省呵！于是忍不住说："亚坚，我发现你吃饭太节省了，营养是不够的。每餐要有一份荤菜嘛。"

　　"没有事，我不讲究这些。吃饱饭就行了。"余坚微笑着淡然回答。

　　这一次佟丽兰再不说什么了。她将自己盘中的一份肉片炒竹笋扒到他的饭盘上，但他婉拒了："我的菜足够了。"

　　佟丽兰睁着一双眼直视着他，心里说不出是什么滋味。后来她意识到，可能是入学报到那天在

"伴月楼餐厅"吃饭时他买单用去了一百多元，他要从伙食费中节约回来。而且她发现余坚似乎消瘦了一些。她想到此，心里有点难受。第二天进餐时，她借口忘了带校园卡，要余坚借给她校园卡买饭。她拿余坚的校园卡到充值窗口充值了100元。余坚第二天进餐刷卡时发现卡上多出了100元，他心里明白这是佟丽兰昨天有意以向他借卡买饭为由给他充的值。他遇到佟丽兰时执意要拿出100元要还给佟丽兰，佟不接："不要这样……"

"我哪能让你为我出伙食费。"余坚坚持要还给她。

"那入学报到那天在'伴月楼餐厅'吃饭时你掏了一百多元又怎么说呢？"

"那是我请你吃饭，是另外一码事。请你吃了饭，要你还钱，那我算什么人啊？"

"亚坚，我不是这个意思，不是还你钱，我是见

94

到你每餐吃饭都是只有一个素菜，营养不够的，应该加强营养，不要这么抠。"稍停一下，她接着又低声说："再说，和大家一起吃饭，也不能让人觉得太寒碜，要吃好一点嘛。"

原来佟丽兰是这样想的。余坚听她说了这样的话，心里实在有点不高兴，但并不生气，只是说："我并不认同你的说法，加强营养，吃好一点，当然无可非议，但是我觉得生活应该根据自身的具体情况、具体条件来安排，不必攀比，不刻意追求。至于别人怎样想，怎样看，那是他的事我不在乎。我们现在是学生，如果要比的话，要比学习、比功课。如果应有自尊的话，重要的是这方面的自尊。"

"你说得对。不提这件事了，行不?"佟丽兰听了余坚说了这番话后，觉察到自己刚才说的话也许无意中伤害了余坚。所以想缓和一下气氛。她见余坚再不说什么，又解释道："我爸来信说，今年养的鸡鸭比往年多，蔬菜收成比往年好，经济收入会比往年多，所以这个月给我多寄了几百块钱，要我吃好一点，我也想你吃好一点，所以在你的进餐卡上充值了一百元，不是还什么钱。我刚才说的话不准确。在离家之前我爸我妈都对我讲，要我和你互相关照，互相帮助，我就是这个意思。"

余坚听了她的解释还是不说话，而是在思考着。他隐隐约约感到佟丽兰有一种对物质生活的刻意的攀比和追求。是的，他的感觉不是凭空臆断，而是实实在在的客观思维。从山区小城市来到繁华大都市上学的佟丽兰本来也是很朴实的姑娘，但随着时间的推移，觉得自己有点"土气"了，自觉地或不自觉地追求"洋气"了。虽然她也觉得余坚说的话很对，但一遇到现实生活中她认为"有气派"的、"豪爽"的、"能吸引人眼球"的、"很体面"的生活，她就会情不自禁地羡慕、攀比和追求。就在他们上大二的这一年，她和余坚一起去参加学生会举行的一个舞会，她和余坚跳完两曲坐下来休息之时，对余坚说，她发现在舞场中有一对跳得特别优美。尤其那位女同学穿着一身缀着玫瑰色碎花的白底连衣裙，在跳旋转动作时，裙摆飘拂如花伞飘旋，优美极了，吸引众人的眼球，她很是羡慕。后来她发现这位女同学就住在同一幢宿舍大楼的五楼，是经济学院会计系三年级的学生，叫谭婷。有一次在食堂进餐恰巧同坐一个桌子。她主动和谭婷搭讪："你跳舞跳得很优美、很潇洒啊！裙摆飘动有如孔雀开屏，美极了。"

谭婷听了哈哈一笑："真的吗？你形容得太夸张了吧。"

"不夸张。我真的是这样的感觉。"

"说实在话，不管我跳得怎样美，也没有你美哦。跳得美，不如长得美。"

"师姐，你笑话我。"

"不，我讲的是实话。如果选校花，我会投你一票。"

两人互相赞美。在哈哈大笑之后，佟丽兰忽然转话题："师姐，我们不说笑话，说正经的……"

"你不要叫我什么师姐，叫亚婷就行了。我就叫你亚兰，好不好？"

"好。以后就这么叫。"接着，她问："亚婷，我觉得你跳舞那个晚上穿的那件连衣裙特别漂亮，特别好看。你这匀称的身材，配上那一件连衣裙，显得十分优雅，引人注目。你是在哪里买的？"

"怎么，你想买？"

"是的。"

"我是在市内新华路天丽商场买的。"

"到新华路乘什么车？"

"从我们学校大门搭 13 路公交车到平安路，再乘 18 路公交车到明德路就能找到了。

"这么复杂啊，转来转去的。"

"亚兰，你不熟悉路要问人，是有点麻烦。那就这样吧，干脆我带你去。星期天我要到我堂哥那里去。我堂哥的家离天丽商场很近。"

"好。那就谢谢你了。"

"谢什么哦，同学之间还讲客套。"

周六，佟丽兰把这件事和余坚说了。余坚问："钱够吗？"

"不知道。我没有问那个同学多少钱一件。"

余坚没有说别的什么，只是从口袋掏出五十元交给她。她不接："我有钱。"

"拿着，万一你身上的钱不够，那就白跑一趟了。再说你也要留下这个月吃饭的钱嘛。"

"没有关系，我会多带一点钱去。就算把钱用完了，我可以要家里再寄点钱来。"

余坚听了她说的话，思考了一下说："我给你提个小小建议，好不好？"

　　"好的，你说。"

　　"我建议你不要再向家里要钱了，以免增加你父母的经济负担。我的五十块钱你拿着，我完全可以从生活费中节约出来。我们是老同学了，不用客气。如果你这个月能节省出来的钱加上我的五十块钱还不够买那样一件裙子的话，我建议你暂缓一缓，等攒够钱再买也不迟嘛。"说到这里，他见佟丽兰并无反感，于是接着说下去："我觉得一个人的衣着嘛，应根据自身条件，只要整洁、端庄、大方就行了，不必攀比，一味去追求高档、华丽。尤其我们现在是学生更应如此。这是我个人的想法，不知道你的看法怎样？"

　　听余坚说了这些发自肺腑的话，她沉思片刻，点了点头："好吧，就按你说的办。"

第二天，佟丽兰和谭婷一起来到天丽商场，左挑右选，在谭婷的参谋下，挑了一件白底缀着浅红色牡丹花的艳丽连衣裙，质地柔软，比谭婷那一件更高档，她在试衣间试穿后走了出来。

　　"太漂亮了！"在试衣间外面站着的谭婷认真地审视着，然后发出赞叹声。接着又说："这是新款式，比我买的那一件更新颖。我建议你就买这一件。"然而，佟丽兰到售货员面前一问价钱，要198元。"这么多钱。"她心里想。

　　"怎么样？"谭婷见她似乎有点犹豫，于是问道。

　　"我觉得价钱太贵了。"

　　"贵是贵了一点，比我当时买的那一件贵了60多元。不过这一件比我那一件不论款式、质地都好一些。多柔软，多艳丽啊！只要满意，贵就贵一点呗。"

　　"可是我带的钱……"

"带的钱不够是吧?" 谭婷猜着问。

她点点头。

"差多少?"

"我只带了 130 块钱。"

谭婷摸摸口袋也只有 30 多块钱。即使全借给她也不够。于是问售货员:"价钱能不能减一点?"

"我们是明码实价。"售货员答道,"你们看,衣服上面还挂着一个小标牌,写着价钱。可能你们没有注意看。"

"那就算了。"佟丽兰见无还价的余地,只好作罢。

谭婷想了一下,说:"那我们一起到我堂哥那里去。"

"你去吧,我就不去了。我先回学校。"

"一起来,一起回嘛。去玩玩有什么关系,我哥和我嫂子都很随和,很好客的。"

谭婷不由分说，硬拉着佟丽兰到她堂哥家里玩。

他们俩来到一个高档住宅区。小区内绿树葱郁，花草飘香。进出有保安守护的大门，宽阔的人行道两侧错落有序地栽着修剪得很别致的各式各样造型的如盆景一般的小树。中间还有一个绿瓦飞檐的小亭，供人休憩聊天、对弈。

"这个小区好漂亮啊！"佟丽兰赞叹道。

"住在这里的人都是当官的或者是有钱的。"

"你哥是当官的吧。"

"他是市政府 X 局的处长。"

"哦。"

他们两个人边说边走，来到一幢十八层大楼的门前，进入后乘电梯到了十三层。谭婷摁了一下门铃，一会儿房门打开。一个身材魁梧长相帅气大概三十多岁的年轻人站在他们的面前。

"冠哥。"谭婷叫了一声。

"亚婷，是你，我以为是谁呢。请进，请进。"亚婷的堂兄热情地招呼着。

两人进到客厅后，谭婷先向亚兰介绍："这是我哥。名叫谭冠，所以我叫他冠哥。"

亚兰点点头："你好。"

然后亚婷向其堂哥介绍："这是我的同学佟丽兰，我平时叫她亚兰。"

谭冠微笑着："欢迎你。"就在这一霎间，他的一双眼紧紧盯着佟丽兰，发出一种异样的光。很显然，他被佟丽兰的美貌吸引住了，以至于亚兰感到不自在而回避他的目光。

谭冠可能觉察到自己的失态，连忙移开视线，连说："请坐，请坐，我给你们倒茶喝。"

"冠哥，让我来。"亚婷到一个柜子去拿杯子，张罗倒茶。

"你们是同班的？"谭冠坐在亚兰对面的沙发上

盯着亚兰问。

"不。亚婷比我高一年级，也不同系，只是同一幢宿舍住，她是我的师姐。"

"哦，是这样。"

亚婷为每个人倒了茶后也坐了下来。问："冠哥，嫂子呢?"

"哦，她今天在医院值班。"

"当医生的总是这样忙。"

"是呀，有时晚上还要到医院去查房，处理一些问题。"

"冠哥，那您就辛苦了。"

"也没有什么，就两个人，家务事并不多。"他在说这句话时，似乎隐隐约约流露出一种遗憾，因为结婚多年还没有孩子。这一点亚婷是能觉察出来的。

亚兰只是静听他们兄妹俩对话，不插一句话。

沉默片刻之后，谭冠转换话题，问："你们刚才到哪里去玩了？"

"哪里也没有去。"亚婷答道，"功课那么紧张，哪有时间玩啊。我们是到天丽商场买衣服的。同时也来看看你和嫂子。"

"跑这么远来买衣服。你们学校附近不是有好几个商场、大超市吗？"

亚婷解释道："前几个月我在天丽商场买了一件连衣裙，亚兰觉得新颖，她很喜欢，也想买一件，但在我们学校附近的商场、超市都买不到。而我有好几个月没有来看哥和嫂子了，所以趁星期天来看看你们。恰好亚兰要来天丽商场买衣服，所以就顺便和她一起来。"

"哦，是这样。买到了吗？"

"还没有。"

"还没有去买呀？"

"去了。没有买成。"

"没有卖的呢，还是不合适?"谭冠说话的神态给人一种他很关心此事的印象。

谭婷犹豫了一下才小声地说:"她带的钱不够。"

"你说什么，钱不够?"谭冠问。

"是的。"

"那好办嘛。差多少?"

"六七十元吧。"

"嘻，这么一点钱我这里有。"

"不，不。我暂时不买，过些时再说。"亚兰本来只是静听他们兄妹俩的对话，但听到谭冠要拿钱给她买，感到很不合适，连忙插话婉拒。

"这么远，何必又再跑一趟嘛。"谭冠一边说，一边从口袋掏一张百元钞票要递给亚兰，亚兰不愿意接: "不用，真的不用。我以后再买，又不等着穿。"

"亚兰，我哥是很随和的人，拿着没有什么关系的，免得又要再跑一趟。"亚婷在旁边劝说。

亚兰还是不愿接。

"小佟，你是我妹妹亚婷的同学，不要这样见外嘛。这样吧，就算我借给你的，以后你还给我就是了嘛。"谭冠话说得很诚恳。

"是嘛。"亚婷接过谭冠的话尾说，"冠哥，把钱给我，反正我要和她一起去买的。"

"对，对。"谭冠把那一百元交给了亚婷。

继之，谭冠又很热情地从冰箱里端出一盘水果放在她们两个人面前的茶几上："先吃点水果。坐一会儿再去吃饭。"

"吃饭我就不去了，你们去吧。我先回学校去。"亚兰说。

"这怎么行啊。你和亚婷一起出来，一起回去。哪能让你饿着肚子一个人回去。"

"亚兰，你不要这么别扭好不好？一起在我哥这里吃顿便饭有什么关系呢。"

"亚婷，这样吧，你们吃点水果就到天丽商场去买衣服。买了衣服在商场外面稍等一会儿，我就下楼和你们一起去吃饭，不耽误你们多少时间。"

亚兰再没有推辞。她和亚婷吃了一点水果，再次到天丽商场买了那件心仪的连衣裙，高高兴兴地出来在商场的门前等候。

过了十多分钟，谭冠开着一部铮亮的黑色丰田牌轿车来到她们的面前，要她们俩上车。

"冠哥，前面酒楼这么近，走过去就行了，还要开车呀？"亚婷诧异地说。

"不是在街上的酒楼吃。"谭冠答道："是到市郊农家餐厅去吃农家菜。顺便在外面玩玩，那里的空气新鲜，有山有水。"

"那时间太长了。"亚婷担心地说。

"用不了多长时间，反正又是星期天，你们也要放松放松嘛。吃完饭，我开车送你们回去。"

他们俩只好顺从地上了车。在环市高速公路上约行驶了二十分钟后，从一个出口下行，再沿着一条湖边公路行驶，从车窗向外眺望，青山绿水一一映入眼帘，郊野空气清新柔和，让人感到心旷神怡。不一会儿，来到一栋木质结构的宽敞的"丽景农家山庄"，质朴清雅。不远处的山坡上树木郁郁葱葱，山溪流水淙淙。平地上一畦畦蔬菜碧绿。山庄周围的柑橘硕果金黄。

"这里的环境真美啊!"他们选了一个桌子坐下后，亚婷赞叹道，"冠哥，你们经常到这里吃饭呀?"

"是的。有时和你嫂子，多数是和同事、朋友。"

"你们真会享受啊!"

"生活就是要丰富多彩嘛。你们说是吧?"

"丰富多彩也得有经济条件啊。"亚婷笑着说，

"不是想丰富多彩就能丰富多彩的呀。"

"条件是靠自己想办法去创造的嘛。只要自己努力，多动脑子，什么事都可以办到。"谭冠说这些话的时候，目光投向亚兰的脸上，似乎在探索亚兰的反应。亚兰的视线正好和他的视线相接。从神态上判断，亚兰是欣赏他这种高论的。只是因为初次接触有点拘谨，不好意思随便说话而已。

大家聊着，服务员将饭菜端了上来。鸡、鸭、鱼、肉、新鲜蔬菜，摆满了一桌子。

"冠哥，您点了这么多菜，怎么吃得完。"

"能吃多少，就吃多少。"

"吃不完，那不浪费吗?"

"亚婷啊，出来玩就不必计较这么多了。冠哥和你们一起出来，总得让你们吃好一点嘛。"显然，谭冠在这种场合想尽量显得阔气、大方。席间，他殷勤地频频为亚兰、亚婷夹菜。佟丽兰活了二十年可从未享受过如此热情、丰盛的款待呢。特别是一个当处长的官员为她夹菜，她有点受宠若惊了。他们边吃边聊，她感到有点抑制不住的兴奋。当饭局结束，亚婷离席去方便之际，谭冠从口袋里掏出一个小本子，在其中的一页上写了自己的手机和办公室座机的电话号码，然后撕下递给亚兰："这是我的电话号码，以后有什么需要我帮忙的，可以随时打电话或发短信给我。"

亚兰接过纸条，嫣然一笑，目光和谭冠相视："谢谢。"本来她还想加一句："我没有手机……"但她没有说出口，又咽了回去。毕竟她还有点自尊。

他们在市郊玩了一个多小时，谭冠开车把她们两人直接送到了学校门口。

"亚兰，今天玩得怎样？"下车后走进校门时，谭婷问。

"很好，很愉快。"亚兰答道。紧接着又说："亚婷，我觉得你哥很健谈，很热情。看样子很精明，很有才干。"

"是啊，我哥很聪明。在学校念书，不论是小学、中学、大学，成绩总是在前几名。而且为人随和，能和人合得来，能讨人喜欢，很有一套处世的方法。工作也一帆风顺，三十六岁就当上处长了。"谭婷顺着亚兰的话对她的堂兄大加赞扬了一番。稍停顿一下，她又接着说："不过我哥也有一点遗憾，结婚多年没有小孩。我伯父、伯母时不时会提及这件事，忧心这件事。我嫂子想领养一个，我哥又不同意。他可能有他自己的想法。为了这件事，让他很烦恼，我也不知道该怎么劝他。"

亚兰听得很入神，甚至产生了一种不能说出来的遐想。亚婷见她沉思不语，似乎在想什么，就斜了她一眼，问："亚兰，如果你处在我这个位置，你说应该怎样对他说。"

亚兰听了亚婷提出的这个问题，摇摇头说："我也不知道。"稍停，又加了一句，"这种事情在他的心中肯定有自己的主意，别人说了也不会起什么作用。"

"是的。我也是这样想，我不应该插嘴。所以以后我伯母再和我谈这件事，我就说我哥自己会处理好这件事的，叫他们不必操心。"

此时亚兰的思绪却起了波澜，她在揣度：刚才在市郊吃饭时，谭冠趁亚婷不在场时为什么要把电话号码写给她？亚婷为什么刚才和她谈她堂哥家里的私事？她想着想着不觉已到了医学院的宿舍大楼。她和亚婷打了个招呼："我有点事找一下余坚。"她心情好，高兴，想把刚买回来的连衣裙拿给余坚看看。但到余坚的宿舍一看，余坚不在。寝室一个同学说，余坚上午吃过早餐后一直没有回过宿舍。他到哪里去了呢？她在猜想。于是她到星期天照常开放的图书馆阅览室去找，也见不着。她在附近转了一圈，还是没有找着，心里有点焦急。她在走着，沉思着。当她从医学院教学楼经过时，偶然从底层的一个拉开了窗帘的玻璃窗里看见了一个熟悉的身影。她向前走近几步再仔细一看，那人正是余坚。她叫了一声。余坚抬头："亚兰，你上街买衣服回来了。你来这里干啥？"

"我正在找你呀。你在这里做什么啊？"

"我在做功课。找我干什么？"

"我进去和你说。"

"你不要进来……"

亚兰根本没有听清余坚在说什么，自顾径直向大楼的门走了进去，也不跟值班守门人打招呼就闯进教室叫了一声："亚坚。"

余坚扭转头，见她已走了进来，想制止："不要走过来，这里是尸体解剖室。"但亚兰已经走到他的跟前，忽而"啊!"地惊叫一声。原来她看见余坚面前的台上摆着一具已揭开布盖的尸体。随之急忙后退。

余坚从椅子上站了起来，把她带出解剖室的门，在外面大厅上的一张长条椅上坐了下来。

"吓死我了。"亚兰定下神后说。

"我叫你不要进来嘛，你偏要进来。"

"我哪知道星期天你会到这个地方来啊。"

"因为人体的结构，特别是神经、血管的位置和走向还记不牢，所有利用周日再来复习一遍，逐一记录下来。"

"你吃了中午饭不回宿舍休息就到这里来呀？到你们宿舍见不着你的人影。"

"我没有到食堂吃中午饭，我早上带了两个面包和一瓶矿泉水，就在这里吃的。吃了接着复习，所以中午没有回宿舍。"

"亚坚，你怎么能这样拼命啊。"

"这算什么拼命呀，因为我预计上午复习不完，记录不完，所以就带点吃的来。免得中午到食堂吃饭占去很多时间，又回到宿舍休息，下午还得再来。倒不如就在这里的走廊上吃两个面包，接着复习完就回去，节省时间。"

听了余坚的解释，亚兰用一种疼爱的目光直视着他，久久才说出了一句话："以后不要这样，好不好？总得爱惜身体嘛。"接着，她从手提的纸皮袋中拿出那一件连衣裙给余坚看："连衣裙我买了，你看款式好不好？"

"我不用看了，你觉得好就行了。我还有一点内容没有复习完，再进去复习、记录一下，一会儿就回宿舍去。你先回去休息。"余坚淡淡地说，对亚兰买衣服的事情似乎没有什么兴趣。

"我一回来就专门拿来给你看的，你就看一下嘛。若不好，我还可以拿回去换。"

"好，好。"余坚把她递过来的衣服随便摆开看了看，说："很新颖，很好。"就递回给她。随之问，"多少钱？"

"198元。"但她并没有提及谭冠那一百元的事。

"这么贵啊！"余坚这样说了一句。后面还有半句："半个月的生活费了。"但他没有说出来，怕亚兰不高兴，只是心里想，亚兰有点过于追求物质享受了。不过他又想，女孩子，尤其是漂亮的女孩子，大概都很讲究衣着吧。

又一个周末。亚兰在进食堂吃饭时碰到余坚，约他晚上到学生活动中心参加舞会。她想穿着那一件新买的连衣裙去跳舞，让余坚鉴赏一下是否好看。余坚犹豫了一下，答应了。在吃饭的时候，她不经意瞭了瞭余坚饭盘上的饭菜，上面只有一份豆腐干和一份青菜，这是菜牌上两种标价最便宜的菜。她本想说："你太节俭了。"但她没有说，因为类似的话她已说过多次了，再说也是多余的。而且她心里也很明白，余坚是要将支援她买衣服的钱节省回来。想到这，她心里感到歉疚。她端起饭盘，欲将上面的一份笋炒肉片扒到余坚的盘上。余坚阻止："我的菜足够了。"

"我的菜吃不完，特意多买的。"她硬是要把菜扒到余坚的饭盘上。

她草草地吃完饭，对余坚说："我回宿舍一下，再去活动中心。你没有什么事就先去玩玩。"

余坚先到活动中心阅览室看画报、杂志。过了一会儿，亚兰穿着那一身连衣裙来到阅览室把余坚叫到舞场，她左右转动了一下，问余坚："怎么样?"

"很好，很合身。"余坚审视了一下，不冷不热地说道。尽管她感到余坚的赞赏度仍不能满足她的期待，但也很高兴了。她拉着余坚上舞场，随着悠扬的舞曲，潇洒地跳着、旋转着。她没有想到憨厚的并不常来参加舞会的余坚会这么熟练地掌握跳舞的技巧。"他真聪明，样样都行。"她心里这样想。他们配合默契，舞步娴熟，加上她穿的那一身新颖飘逸的连衣裙，吸引了不少眼球。她心满意足。又跳了两圈之后，余坚对她说："你在这里玩，我先回去。"

"只跳了这么一会儿，就要回去?"正跳得兴致勃勃的亚兰不解。

"下周要上的课我要回去预习一下。"余坚这样解释。

"不预习有什么嘛，不是也一样听课吗。再说，明天还可以预习嘛。"

"预习和不预习，听课的效果是不一样的。除了特殊情况，上课的内容我都是要先预习的。明天我们班要和别的班赛球，我要上场。"

亚兰无法拂他的意，只有让他走。余坚走了之后，别人邀她走了两曲，在中间休息之时，她们班的班长李明慧走了过来，赞扬她："亚兰，你刚才穿着这件连衣裙跳快三步，裙摆飘动如孔雀开屏，真美啊！"

"你没有来怎么看见？"

"我因为有事迟来了一会儿。但刚才你跳的两圈我已经进来了，看到了。"紧接着，她不解地问，"你那位医学院的同学怎么没有来？"

"他来了，跳了几个曲子又回宿舍去了。"

"为什么？"

"他说要预习一下下周上课的内容。"

"亚兰呵，你这位同学真用功啊！在班上肯定是个尖子。"

"我倒觉得他有点像书呆子。"

"我倒不认为是这样。书呆子只会死记硬背，不会举一反三，不能学以致用。但你这个老同学给我的感觉人很精明，目光犀利。这样的人往往语言不多，但事事心里有数。他这么用功，将来一定很有前途。"

亚兰听了心里虽然也很高兴，但不以为然地说道："所谓'前途'这个词很笼统，很抽象。在现实生活中人们重视的是具体的'钱途'。"

"你说什么'途'？"李明慧没有听懂，于是问。

"我说是金钱的'钱途'。"

李明慧听了哈哈一笑，说道："你讲的倒也很现实。但在现实生活中，满脑子都想着'钱途'的人也往往容易走入歧途！"

"这倒也是。不过问题是在于要把握好自己的步子怎么走。"

"但现实情况是，一旦钱迷心窍，就把握不住自己，步子就容易走歪。步子一歪，就栽了。在我的一些亲戚中，我就见过这样的例子。"

她们俩说着，笑着，什么前途、钱途、歧途各抒己见。就在两个人谈得正欢的时候，别人来邀请她们上场跳舞了。佟丽兰穿着那一件连衣裙不论和什么人跳，都是场上的焦点，她很兴奋，觉得脸上很光彩。但对于余坚中途离场又很遗憾。她觉得余坚缺少一种寻求快乐生活的情趣。只是专心埋头钻研功课。舞会结束，回到宿舍休息，她反复想着这个问题，怎样让余坚和她一样寻求丰富多彩的生活。同时她也回忆起那次谭婷带她和其堂哥谭冠在郊外相叙用餐的情形，每逢假日能增添这样的一种生活内容多惬意，多愉快啊！她甚至还回想起谭冠当时的音容笑貌和写有电话号码的小字条。她还想着什么时候能再到郊外去享受一下新鲜空气、农庄美食的生活。半个月后她果然收到了一封她所期待的谭冠寄给她的信。信是这样写的：

小佟：

　　你好。自你上次和亚婷来我这里，我们一起到市郊相叙之后，你的倩影一直留在我的脑海中。时间过得真快，一晃又过了一个多月。若有空，请你和亚婷再过来一叙。还是到郊外去，那里空气清新，有益于身体健康。如果你觉得方便，也很欢迎你自己来，事先给我打个电话就可以了，我会安排好时间的。

　　祝学习日进！

谭冠

11 月 17 日

　　她看了谭冠的信后，思绪又被搅动了。她当然明白，谭冠要她和谭婷一起去，只是一种掩饰而已。其真正的意涵是后面的一句话："也很欢迎你自己来。"她心里很矛盾，她想，到市郊去玩，享受那里新鲜的空气和美味的农家菜，是一种生活的乐趣与享受，她当然很乐意。但如果亚婷不主动提出，而由她提出也实在有失自尊。若是自己一个人去就更不合适。这不仅因为谭冠和她只是一面之交，而且谭冠又是有妻室之人，二人单独到郊外相叙，亚婷知道了会怎么看？特别是余坚知道了又会怎么想？她犹豫了。尤其是余坚的感受如何，她是不能不考虑的。特别是前几天的一件事情令她感动不已，铭刻在心：那天上午最后一节课将要下课之时，天空忽然乌云密布，洒下大雨，且久下不停。她没有带雨伞，下课后和一些同学站在大楼底层的大厅里等待雨停。当大家正心里焦急不能到食堂进餐的时候，余坚撑着一把雨伞走了进来，头发衣服透湿，像个落汤鸡，厅里的同学看见他这副模样都愣住了。

"你怎么被雨淋成这个样子？"她十分惊愕。

"下课时已经下着雨，但不是很大，估计你也不会带伞，所以跑回宿舍去拿伞，想不到只走了几步，滂沱大雨就泼了下来，我来不及换衣服就跑来了。"余坚这样向她解释。

"那你就等一等嘛。"

"我怕你等不及也冒雨往食堂跑……"

"哎，怎么能这样！走、走、走，我和你一起到你们宿舍，你先把衣服换了，再到食堂吃饭。"她边说边挽着余坚的手往医学院学生宿舍走去……"

她一想到前几天这件事情，心里就激动。若是自己一人和谭冠私约到市郊相叙，就实在有负于余坚对她的一片真情。所以她等待了几天仍未见谭婷约她一起前往，她就给谭冠复了这样的一封信：

谭处长：

　　您好。来信收阅。谢谢您的邀请。

但因近期功课很忙，实在无暇外出游玩，以后有机会再说吧。上次买衣服借您的钱，我会托亚婷带还给您。借此，对您的相助深表谢意。

祝万事胜意

佟丽兰

11 月 25 日

过了几天，她收到谭冠的回信：

小佟：

来函收悉。你以学业为重是对的。相叙之事就等待合适的时间再说吧。至于你所提及的借钱这一区区小事我早已忘却。唯望不要误会，我邀请你和亚婷出来一叙绝非有示意此事之念。你是亚婷的同学和朋友，权当送你一本书、一支笔吧。以后就不要再提此事了。有什么事情需要我帮忙的，可随时给我电话或写信，不必客气。

祝学业进步

谭冠

12 月 5 日

元旦假期最后一天的晚上，谭婷来到她的宿舍找她。并从一个小塑料袋中拿出一个精致的深蓝色小方盒递给她，对她说："这是我哥送给你的。"

她一愣，没有接，只是问："什么东西?"

"手机，是一款新型手机。"谭婷微笑着答道。

"你留着用吧，我并不很需要这个。"她还是没有接。

"他送了两部，我一部，你一部，拿着，客气什么嘛! 卡都配了，不用再买卡了，号码写在说明书上。"亚婷硬是把小盒子塞到她的手上。

"要你哥破费，多不好啊。"

"嘻，你以为是他买的呀，不是的，是厂家送给他们单位领导试用的，一分钱都不要。"

"哦，是这样。"她释然。

这次亚婷只交给她谭冠所送的手机，并未提及一起到市郊玩的事。她不解。

第二天，她见到余坚，把手机拿出来给他看，并把事情的始末也都说了。余坚听完没说什么，也没有问什么，好像没有这样一件事。但从他的眼神可以揣测，他在思虑着什么。当他们在校园的路上又走了一会儿后，他忽然说："现在社会上的事情往往很复杂，对有的事情要多想一想，对有的人也要多想一想。"

"你说什么呀？"

她对余坚突然说这两句话，一时摸不着头脑。

余坚又重复说了一遍。

"你没有头、没有尾地突然冒出这两句话，我听不懂。"

"你慢慢会懂的。"

在考试放假前的十多天，她在手机上收到谭冠给她发来的一个短信："夜深人静，窗外飘着冷雨，我一个人痴痴地坐在窗前的书桌旁沉思，一个倩影在脑中萦绕，心境难平……很想见到你。"给一个女孩子发这样的短信，用不着多假思索，其含义已一目了然。她看了之后，思忖片刻，把它删除了。但短信内容在她的脑子里却仍久久停留，难以抹掉。她也悟到谭冠送给她手机的原因了。不再同时约亚婷和她一起去玩的原因也明白了。

在食堂吃晚饭的时候，她和余坚同坐一个桌子。谭冠发的短信和他的影子又出现在她的脑子里，以致余坚和她说话也没有注意听。

"你在想什么啊?"余坚见她对自己刚才说的寒假回家之事没什么反应,这样问。

"没,没想什么。"余坚的发问才使她回过神来,有点慌乱地说了这一句掩饰的话。

余坚瞧了瞧她的窘态,无意再追问什么,只是微笑着揶揄道:"闲聊走点神无关紧要,如果老师上课走神那就……唉,该怎么说呢?"

"我明白你的意思了。"她有点歉意地说。心里感激余坚的宽厚与包容。

然而,期末考试刚完,谭冠又给她发来一个短信:"寒假回家吗?若能抽空,很欢迎你来玩玩。若行,请发个短信来。我安排个合适的时间开车来接你。"她的心又一次受到搅动。她告诫自己,要极力控制好自己,避免在余坚面前再次走神。但一到了晚上躺在床上时,脱缰的思绪又翻腾起来,谭冠帅气的影子又出现在她的脑海中。然一念及余坚的真诚宽厚和真情，她就拿起手机给谭冠回复了这样的一个短信："放寒假我要回家看父母，今天买票，后天乘车，实在无暇。谢谢您。"

在她和余坚乘车回家的这一天，路途中天气突变，车窗外寒风凛凛，飘着冷雨，气温骤降。

"好冷啊！"在车行驶进入山区之时，她叫了一声。余坚伸手摸了摸她身上的衣服："你穿少了。"

"我没有想到在途中天气会突然变得这么冷。"她解释说，"所以把厚毛衣都装进旅行箱放在了下面的车厢里。"

"那怎么办？司机也不可能为你一个人停车让你下车拿衣服。"余坚这样说道。就在这一瞬间，他想都没想就将自己穿着的外套脱了下来披在她的身上。

"这怎么行！你身上只剩下这么一点衣服，这么冷你受得了？"她不答应，要将外套拿下来再披在余坚的身上。

"不要紧，我身体比你强，顶得住。"余坚摁住已披在她身上的外套，不让她脱下来。她顺从了，侧头深情地凝视着余坚，眼眶盈着泪花。

经过几小时的旅途，当天晚上他们俩回到山区小城余坚的家。

次日清晨，她起床后洗漱完已有一会，还没见余坚从堂弟那边过来，于是问余坚母亲："伯母，亚坚还没有过来？"

"还没有呐。"

"哦，他会不会……"

"你说什么？"余坚母亲见她说了半截话就停住了，于是问道。

"伯母，我是说，亚坚昨天在回来的路上穿得很少，会不会着凉感冒了身体不舒服？"

"哦，那我过去问问看。"

余坚的母亲到他叔叔那边，见余坚还没有起床，于是来到小侄子寝室的门前敲了两下："余坚，你还没有起来?"

里面没有答话。小侄子刚穿好衣服走了出来告知："伯母，坚哥说他有点头痛。"余母走了进去，伸手摸了摸余坚的额头："哟，你发烧了。"

当佟丽兰从余坚母亲口中得知他病了时，她意识到是因为昨天在车上他脱下外套给她披，自己受了寒所致。于是她到隔壁余坚堂弟的寝室，见他还在睡，伸手触摸余坚的额头："好烫喔!"她吃惊地说。并深感抱歉："余坚，对不起你，是我害了你。"

"别说这些傻话。再说，一点感冒发烧也不是什么大不了的事。"

这时余坚的父亲也进来了，要余坚到医院去看看。余坚不同意："这么一点小感冒没有啥关系。一会儿我就起床，到街上买点感冒药吃就行了。"

"还是到医院去看看吧。我和你一起去。"佟丽

134

兰在旁边这样劝他。

"我说不用就不用了。我是学医的，心里有数。"接着，他又说："这样吧，亚兰你到街上的药店给我买盒'感冒通'回来。"

余坚父亲要掏钱给佟丽兰，她不肯接："伯伯，我有，我有。"边说边走出房门。

"孩子，拿我的钱去买，哪能让你掏钱呀。"亚坚的父亲随后追了出来，坚持要掏钱给她。

"伯伯，余坚在学校常帮助我，您老人家就不要分得这样清楚了。"

听了她说这句话，余坚的父亲心里很高兴。因为这句话说明他们两人的关系已不分彼此，这也意味着亚兰是未来的儿媳了，心里甚感欣慰。

亚兰把药买回来后，倒了一杯开水让余坚服了，下午又加服了一次，傍晚时分余坚出了一身汗就退烧了。亚兰高兴得情不自禁地在余坚脸上亲了一下：

"你发烧把我急死了。"

"这有什么急的啊！你看，只服了两次药烧就退了。"

"那是因为你的身体素质好，不然不可能好得这么快。我有一次感冒烧了几天，又是打针，又是服药才退烧。"

"一个人平时生活不能太娇气，要注意锻炼身体，才能有好的体质，有较强的抗病能力。"

"你是学医的懂这个，我不懂。以后跟你学，你说怎样锻炼就怎样锻炼。"

"那好。"

第三天，亚兰回到城郊农村的家中。晚上她打电话给余坚，邀请他到她家里玩几天，她说她父母也很赞成。余坚答应了。

几天后，余坚骑着一辆自行车来到佟丽兰的家中。晚上亚兰有个表弟在她家中做客和她弟弟同住一间房。她安排余坚住在自己的卧室。她自己到同村的堂叔家中和堂妹同宿。

次日清晨，她起床后回到自己家里，只见母亲在弄猪食，忙家务。她的弟弟和表弟也刚起床洗漱。"爸爸和余坚呢？"她问母亲。

"他们两个一大清早起来就到外面菜地去了。"

"余坚怎么也去？"

"你爸不让他去，他硬是要跟着去。"

她听了之后，匆匆洗漱毕，就走出村口，穿过一条田间小路，来到一片绿油油的菜地，看见余坚正从前面的小溪挑着两桶水，一颤一颤地走了过来。她连忙走过去劝他："哎呀，你怎么也跟着来干这个嘛！看你累成这个样子，不要挑了。"

"是啊！我不让他挑，他硬是抢着要挑。"正在旁边菜地摘西红柿的佟丽兰的父亲插话。

"学习学习干点农活，对自己也很有益处嘛。"

余坚笑着说："可能我挑水的样子有点别扭，不好看是吧？但我干得了。"逗得亚兰父女俩都笑了。他坚持把水挑到菜地上，拿起水勺浇了起来。

不一会，亚兰的弟弟和表弟也来到菜地，一起帮着摘茄子、青瓜。大家边摘边谈，很是欢快。摘满两个竹篓后，已浇完菜的余坚帮亚兰父亲用一根粗竹竿将两个竹篓扎好横杠在自行车的后座上，运到城里去卖。

晚上，亚兰的母亲做了一桌丰盛的本地农家菜招待余坚。亚兰的父亲还从城里买回两瓶啤酒，大家碰杯喝酒，高高兴兴，热热闹闹。

吃完晚饭，亚兰帮母亲洗碗碟，擦桌子的时候，亚兰母亲对她说："亚兰呵，余坚这孩子真不错喔，你父亲说他能吃苦，又老实。我和你爸都很喜欢他。我看就把事情定下来吧。"

"妈，您说把什么事情定下来啊？"她故意装着听不懂母亲说的话。

"哎，你怎么还听不明白啊。妈是说把你们俩的婚事定下来。"

"妈，这件事还早着呐。"

"也不早了，你已经 21 岁了。再说，妈也不是要你们现在就结婚，而是先订个婚，不要变了。"

"妈，您放心，我知道怎么做的。"

"妈不是不放心。妈是想，现在的年轻人容易变，说变就变。"

"妈，您就别瞎操心了。等我们毕业了再说吧。"

"亚兰啊，找到余坚这样的好孩子不易啊！"

"妈，我知道了。现在不兴订什么婚。就算订了婚，要变不是也一样变嘛。"

"亚兰啊，婚姻大事可不能儿戏的。"

亚兰不说话了。第二天她带着余坚在村里转悠。边散步边聊天，来到村东头一条小溪旁的一棵伞形大树下，两人在一个大石上坐了下来。就在前面二十几步之外，屹立着一幢三层的贴着橙色瓷片的乡村别墅，前面围着一个大院子，院子里一左一右二棵枝叶茂盛的果树。

"前面这幢房子很漂亮，很优雅。在农村能建这样一幢房子不容易啊。"余坚指着房子说。

"这是一个中专毕业生家里的。"亚兰对余坚说："房子不是她家里自己掏钱建的。是她毕业后在城里结交了一个很有钱的朋友，据说是个什么干部给钱她家里建的。节假日还常开车回来，每次都会给家里买一大堆东西，村里人好羡慕。"

"哦，是这样。"紧接着余坚又说了一句，"不是凭自己努力挣来的钱，靠别人的钱就是建了最漂亮的房子也不值得羡慕。"

"只是你这样说。但别人都觉得她家有这样的一个女儿很光彩。"

"有什么光彩的？说实在的，这样的钱是不是来自正道，还很难说呢。"

亚兰似乎还想说些什么，前面传来一个声音："姐，回家吃饭。"原来是她的弟弟来找他们回去吃午饭了。

余坚在亚兰家里住了三天。回城里这一天，他推着车子走路，和亚兰并行。亚兰送了一程又一程。余坚要她返回，她还是要送。直到余坚停住脚步，她才不得不驻足，目送余坚骑车慢慢远去。虽然她和余坚不天天见面，但余坚的影子天天都在她的脑海中。

然而，就在农历除夕的晚上，她收到谭冠发来这样的一个短信："小佟：诚祝春节快乐！阖家安康。需要我帮点什么忙或做点什么，可随时给我发短信或打电话。谭冠"

就这样的一个短信，又把她的思绪搅动了，以致脑子里交替出现两个影子。但她在回给谭冠的短信中并没有说更多的话，只有两个字："谢谢。"

　　时光流逝，当她的脚步进入到大四下学期即将毕业的时候，对于青年学子来说，最迫切的事情莫过于找工作了。由于余坚读的是五年制的医学专业，还有一年才毕业。而她读的是四年制的经济管理专业，考虑到自己各个方面的情况，她放弃了考研，所以面临的就是找工作的问题。她复印了好几十份简历，投给了十多个心仪的单位都没有回音。竞争太激烈了，到处奔波，四处碰壁。她自怨自艾，对余坚说："只怪自己没有后台，没有靠山。有的人学习成绩并不比我好，为什么能找到，而我却这么难？不就是因为他们后面有人撑，有人托，而我没有吗？"

　　"也不全是这样吧。"余坚开导她，"也许是因为你想进的都是负有盛名的各方面条件都比较好的单位，竞争激烈，所以就难进。我建议你稍微降低点要求我想会比较容易成功。"

"这样的单位，我当然能找到，而且有一二个单位已表示愿意接受我，但我不愿去，让人小看。"

"你不能这么想。事在人为，小单位也能干出大成绩。很有名的大公司、大企业也不是一开始就这样有名，这样财大气粗的。往往也是由小变大，逐步干出来的。"

"不管怎么说，不到山穷水尽，我不会去这种小不点的单位。"

"那就慢慢找吧。路总是人走出来的嘛。不要着急，要注意身体，不要累病了。"

晚上，她躺在床上苦思冥想。一个人的名字忽然钻进她的脑子里："谭冠"。对，去找他。但转想一下，她又有顾忌，如此贸然去找，会被认为自己没有能耐或学习成绩不如人，所以没有单位要，有失面子。所以她决定先去找去年毕业已考上研究生的谭婷，通过谭婷向谭冠打听是否可以帮忙找个较理想的单位。第二天她找到谭婷，对谭婷说，工作单位找到了，但不理想，想请她帮忙和她的堂兄说一说，看能否帮忙找个较理想的单位。谭婷一口答应："行。"

次日，谭婷跟她说，已打电话给她的堂兄谭冠，谭冠答应想办法。要她先准备一份简历送给他，然后由他拿着资料去找人帮忙。谭婷还说，送资料的时间和地点，谭冠会先用短信或电话告诉她。总算有点眉目了，她心里踏实了一点。

但是过了一个星期还没有消息，她心里很焦急。因为再过几天就要举行毕业典礼了。按学校规定，举行了毕业典礼，接着是放暑假，毕业生就得搬出宿舍，让学校修缮整理好迎接新生入学。没有落实单位，往哪里走？往何处搬？余坚见她心神不宁，对她说："我建议你先到同意接收你的单位去干几年，以后有更好的单位再跳槽嘛。"

"到这样的单位，太丢人。"

"那有啥丢人的啊？小单位一样可以干出成绩来，不要图虚名。到大单位自己不努力，最终同样会被淘汰，例子随处可见。"

"不管怎么说，我现在不会到这样的小不点单位去上班。等一等再说。"

余坚说服不了她。学校已发出通知，应届毕业生必须在两周内搬出学校的学生宿舍，要腾出来进行修缮。怎么办？她和余坚商量决定，暂时在学校旁边的城中村租个房子居住。

他们两人在学校旁边的城中村转了一圈，仅有洗手间、厨房的单间房，稍微好一点的每月租金也要八九百元，对于他们来说，负担太重了。

"贵也要租。我来帮你一点。"余坚说。

"那加重你家里的负担了……"

"没事，我平时节省一点就是了。"

别无他法，也只有这样办了。于是她在城中村租了一间十几平方米的小房子住了下来。

放暑假了，余坚回家看望父母，她要留在城里继续寻找工作。

当她处于焦虑之中的时候，谭冠给她发来短信："小佟：关于帮你找工作单位的问题，我先后找了好几位朋友，直到现在总算有了一点眉目，不容易啊！明天晚上六点半钟，带好你的简历到天丽酒店二楼'安福'包间等候。我已预订好。谭冠。"

次日，佟丽兰准时到达包间，谭冠还没有来。等了一会，谭冠才拎着一个黑色皮包踏进包间的门，对她说："很抱歉，在单位刚开完会，让你久等了。"

"没事，我也是刚到不久。"她从座位上站起相迎。很恭敬地说，"谭处长，让您辛苦了，刚开完会又往这里跑。"

"这没有什么。工作嘛，常常是这样。"谭冠边说边上前和她握手。目光凝视着她，握着的手久久不松开，她脸有点红了。

服务员进来，问："先生喝什么茶？"

谭冠转向她："小佟，喜欢喝什么茶？"

"我随便，什么都行。在学校都是喝的开水。"

"到这里，哪能只让你喝开水。别人知道了，会说我这个人太小气了。"说着，谭冠打了个哈哈。并对服务员说："泡个顶级龙井吧。"

服务员把茶泡好送来，谭冠给佟丽兰斟了一杯。

"谭处长，要您斟茶，实在不好意思。应该我给您斟嘛。"

"小佟啊，不要讲究这些。你斟我斟都一样，咱们随便一点。"

接着服务员拿菜单进来。

"小佟，你喜欢吃什么，你来点。"谭冠把菜牌递给她。

"不，不。"她连忙把菜牌推回去，"我随便吃点什么都行。谭处长，我本来就不是来吃饭的，是来请您帮忙找工作的。所以我不想吃饭，反正我也不饿。我把带来的资料给您，就回去，好吗？"

"这怎么行呢！现在已经过了七点，哪有不饿的呀。再说，有的问题我还要问你，看你有什么想法，有什么要求，不要急着回去嘛。咱们边吃边谈，好不好？"

佟丽兰见谭冠说的也在理，于是点点头："好的。"

"那咱们就争取时间，你不点就我来点吧。"谭拿着菜单，点了四菜一汤，全是山珍海味，还要了一瓶红酒。把菜单交给了再次进来的服务员。然后要佟丽兰把带来的简历交给他。他呷了一口茶，就翻着资料看。他草草地把几页资料看了看，抬起头对佟丽兰说："哦，你是×× 人。"

"是的。"

"我曾去过你们×× 两次，它是我们这个局系统的扶贫对口单位。原来叫×× 县，后来改为市，是属于山区县级市，群众生活比较苦。你们家的经济收入怎样？"

"只是一般，大概属于中上水平吧。"

"看你的履历，你还有个弟弟在读高中。你父母仅靠从事农业收入供你们姐弟两人上学很不容易啊！"

"是的，我父母日干夜干，种菜、养猪、养鸡，拼了命，也只能勉强维持一家人的生活和我们姐弟两人上学。但是我们家也借了不少的钱，欠了别人一些债。不借债我根本无法读到大学毕业。"

"哦，是这样。"谭冠频频点头。

"谭处长，跟您说句心里话，正是由于家里的经济条件只有这个样，所以我才放弃考研，要出来工作，并且希望能找到一个条件较好的、工资福利待遇比较高的单位。谭处长，这全靠您大力帮忙了。我会感谢您的。"她的头微低，有点乞求的味道。而谭冠的目光直盯着她。

好一会儿，谭冠才慢条斯理缓缓地说道："小佟啊，我正要把单位情况详细地和你说一说。自从亚婷和我说了你希望帮忙找工作单位的事情后，虽然我工作一直很忙，但是一刻也没有忘记这件事，先后找了五六个单位。但实话跟你说，这件事情不容易噢，竞争太激烈了。"他话说到这里停住了，瞧了瞧佟丽兰的面部神态，才又往下说，"有的单位早已招满，没有名额了。有的单位条件很高，只要研究生、博士生。有的单位虽然也招本科生，但因为单位条件好、声誉高，所以想进去的人也很多。在这种竞争激烈的情况下，谁能进去，谁不能进去，不仅要看你自身的条件，往往还要看你的背景。有的单位的领导选择谁，不选择谁，他就要权衡利害关系。所谓面试虽然不能说是形式，但其实也就是一个参考而已。小佟啊！因为你是亚婷的同学、朋友我才和你说这些。"

"谢谢谭处长的信任。那我的事情还有没有一点希望呢?"谭冠的话还没有说完，心里已有点焦虑的她就急着问。

"现在还很难把话说死。"谭冠接着往下说，"我找了五六个单位的朋友，前面的几个由于各种的原因看来是没有希望了。后来我觉得要下点力气了，直接去找了市属的'荣盛进出口贸易公司'的老总高扬，他是我的朋友，这个公司的一些事情需要我们局点头才能办的。我开门见山地向他谈了你的事情。开头他感到为难，他说报名要求进去的人很多，熟人写条子、打电话招呼的也多，而且已经停止报名了等等。我跟他说，我不管你是什么情况，请你关照一下这件事。他点头了，答应会向人事部经理交代。所以我才通知你把简历带来。"

"谭处长，太谢谢您了。"她激动地说。因为她先前也到过这个公司报名应聘，人事部工作人员随便看了一下她递交的资料就退回给她："你的英语水平不符合我们公司的要求。"她很失望地走了。而现在有谭冠这种关系，情况就不同了，她情不自禁地激动了。然而，谭冠马上又加了一句："不过，尽管高总答应帮忙，但也不是绝对铁定的，也还是存在变数的。"

"为什么啊？谭处长。"听了谭冠后面这句话，她刚才热乎乎的心一下又凉了半截。

谭冠解释："小佟啊，事情往往是难以预料的呀。因为很难断定后面就没有利害关系更大的人找他。"

她一下子明白了。怯怯地说了一句："谭处长，全靠您了。"

"你放心，我会尽力的。"

就在这个时候，服务员端着盘子上菜了，说："因为今晚吃饭的客人太多，上菜迟了，请多多包涵。"

"没有关系，反正又不赶时间。"谭冠说着，就用筷子为她夹了一块海参。然后才为自己夹了一块。接着举杯："预祝你求职成功！"

"非常感谢谭处长的大力帮忙。"

两人边喝边谈。谭冠再次为她斟酒。"谭处长，我不能再喝了。"她婉拒。

"没有关系。红酒有益身体，多喝点没有事的。"谭冠又给她斟了一杯，并欲再和她碰杯。

佟丽兰不胜酒力，仅饮了一小杯，脸就开始红了，不愿再举杯了。谭冠见她如此情景，于是改口说："那就多吃菜吧。"随后为她夹菜，热情有加。他们边吃边谈，不觉已近十一点钟。

"谭处长，我头有点晕，我想回去了。"她对谭冠说。

"那好吧。"谭冠说。但一转念又说，"现在已经很晚了，不如这样吧，就在这里开个房让你休息，明天再回去好不好？"

"不用，我回去休息。"

"那也行。我开车送你回去。"

"谭处长，不用了。我搭公交车回去就行了，不耽误您的时间。"

"那耽误什么呵！开车一下子就到了。再说，你这个样子，单独一个人回去，我也不放心喔。"谭冠一定要送她回去。她见谭冠如此真诚，也没有再说什么。

谭冠开车送她到城中村门楼，在门楼保安亭旁边停了下来。她下车欲和谭冠道别，而谭冠也跟着下了车，对她说："我送你到住处。"

"我租住的地方离这里不远，我自己走回去就行了。谭处长，您回去吧。辛苦您了。"

"我还是送你到住处吧。这村子里都是偏僻小巷，人也复杂，又这么晚了。送你到住处，我才放心。"

她实在无法拒绝谭冠的一翻好意，只好并行一起走进村。

她租住的是一房一厅的套间。进门后稍微大点的过道作为厅，摆了一个小饭桌和两张木椅子，加上一个小木橱柜。厅里的一个门进入卧室，一个门进入小厨房及洗手间。卧室摆了一张加宽的单人床，还有一个小书桌。在书桌上面的墙上贴了一幅山水风景画，桌面上放了一张她的生活照和一些书，一个小花瓶插了几枝鲜艳的如真花一般的绢花。

谭冠被带进卧室后环视了一下，称赞道："小佟啊，你的卧室虽小，但布置得很别致优雅啰。"

"优雅啥，只是个小窝而已。租金还不便宜呢。"她出于礼貌，一边说，一边招呼谭冠，"请坐。"并给谭倒了一杯水。

"多少钱一个月？"谭冠坐下后问。

"八百八十元。"

"那是有点贵。"稍停，谭接着说，"你还没有工作，没有工资。这样吧，我来帮帮你。"

"不用。谭处长，您已经帮了我大忙了，哪能还要您帮啊！"

"那有啥关系嘛。我们认识的时间虽然不长，应该说也算是朋友了，再说你是亚婷的同学和朋友，我是她哥，提供一点力所能及的帮助也是应该的嘛。"他思索了一下，又接着说，"要不，你暂时住一段时间，等荣盛公司正式聘用你之后，我和高总经理说一说，要他想办法给你安排一间房。据我所知，他们公司有职工宿舍。"

"谭处长，如果能这样，那就太好了。不过，这很难。据我所知，各个单位招聘职工，除了很特殊的以外，一般都是自己解决住房问题。"

"一般来说是这样。但我和高总打招呼，他会想办法的。他有的事情，也需要我帮忙的。"

"谭处长，您帮我找了工作单位，又想法帮我解决这个问题，我真不知道该怎样感谢您。"

"感谢什么哦！小佟，凡是你的事情，只要我能办到的，都会全力以赴去办，你放心。你也不要客气，有什么事要我办的，尽管说，不要把我当外人看。"

听了谭冠说的这些话，她心里涌起一股暖流，不知该说什么好。一双眼睛充满激情地停留在谭冠的脸上。谭冠亦凝视着她，心潮起伏。就在这一瞬间，谭离开椅子坐到床边上，情不自禁地把她抱住，声音颤抖："小佟，你真漂亮，自我认识你那一天起，总想见到你。"

她用手推开谭冠："谭处长，不要这样，不要这样嘛。"

"我喜欢你，我控制不住自己了。"谭冠不但不松手，反而抱得更紧，近乎疯狂地吻着她。

"您不能这样。您有妻子，我也有男朋友。这样做不好。"

"这并不妨碍我们做朋友。你应该抛掉那种已经过时的束缚自己的传统观念，一个人的生活应当丰富多彩。"谭冠很激动，喘着气说。

她在谭冠疯狂的激情攻势下，瘫软了，驯服了，防线终于崩溃了，任由其摆布了……

谭冠在她这里逗留近一个多小时，心满意足地走出这个小房间，丢下一句话："以后我会常来看你。"

谭冠走了之后，她心境难以平静，无法抑制情感的闸门，她哭了。她深感对不住十年同窗的余坚，她在思考今后怎么办？

一个星期后，荣盛公司通知她，决定聘用她为公司职工，叫她在两天内到公司办理报到手续。第二天她来公司人事部办理了各种手续。人事部经理告诉她试用期为一年。当她办完各种手续正欲走出门的时候，一个又高又胖的人来到人事部。工作人员很恭敬地叫了一声："高总。"紧接着示意，"这是刚才来报到的佟丽兰。"随之又向她介绍，"这是高总。"

"您好！"她向高总鞠躬。

这个高总盯着她看了看，说："你是ＸＸ大学经济学院的毕业生？"

"是的。"她很礼貌地应答，并加了一句，"很感谢公司的录用。"

"你应当感谢谭处长，是他向公司推荐你的，说你学习成绩很好。所以公司退了别人，接受了你，面试都免了。希望你到公司来好好干。"

"是的。我一定会努力工作，不辜负高总您的期望。"

接着，高总对她说："前两天谭处长给我打电话，说你的住宿有困难，要公司帮助解决，公司会考虑的，不过现在没有空的房子，要等几个月。"

"好的。谢谢高总。"

她回到住地后，仔细地回想了一下高总说话的内容，她觉得谭冠是在真心地帮助她。于是在她的心中又油然地对谭冠产生了一种莫名的好感。但她马上又给余坚打电话，说已被荣盛进出口贸易公司正式聘用，并已办了报到手续，一周后正式上班。

"这太好了，好好干吧。"余坚在电话那一头关切地说："我回家后很挂念你。不管工作怎么忙，你都要注意身体。身体是工作的本钱。"

"知道了。"不知道为什么，听了余坚对她这种关切的声音，她流下了眼泪。

终于迎来了到公司上班的这一天。人生的脚步又开始了新的起点，她很兴奋地憧憬着未来。每天上班，两头要走一段路，中间坐地铁，虽然很紧张，很辛苦，但满怀希望，很快会有自己的车、房，风风光光的。

在上班的第二天她给家里打电话，告诉父母已落实工作单位并正式上班的情况，她父亲听了很高兴，在电话中对她说："我和你妈这些日子总惦记着你找工作的事，现在工作定了下来，我们就放心了。好好做事，不必记挂我们。我昨天出院了……"

"什么、什么？爸，您说什么出院啊？我听不懂您在说什么？"

这时电话那一头的父亲才忽然反应过来他的女儿还不知道此事。他前几天骑自行车载瓜菜到城里卖，在路上遇着一辆汽车从对面行驶过来，一时慌张摔了下来。摔伤了额头，送到医院救治，幸亏伤得不重，只摔破了头皮，住了五天院就出院了。他把这一情况简单地告诉了电话这一头的亚兰。

"爸，这样大的事情，你们怎么不告诉我啊？"

"你妈本来是准备打电话告诉你的。当天你弟弟告诉了余坚，余坚到医院来看我，他叫家里暂时不要告诉你，说你正在找工作，怕你知道心里焦急和分心。他说由他来照顾我，要你妈不要担心，住院这几天都是他照顾的。"稍停，又很感慨地说，"亚兰呵，余坚这孩子对我们就像对自己亲生父母一样啊！我现在已出院回家休息，你也无须挂念了。"

亚兰她听了父亲说的话，在她的潜意识里，余坚就是她未来的丈夫。这既是她父母的意思，也是她本人的心愿。她真想尽快和余坚结婚。然而，她没有料到，没过几天，谭冠给她发来短信，说过两天会来看她。她苦恼极了。她明白谭冠是个有妇之夫，这样不断地和他交往，总有一天会被人发现，一旦传开，她怎样做人？脸往那里搁？又怎么面对余坚？但是，如果断然拒绝再和谭冠交往，自己虽然已受聘荣盛公司，但尚未转正，还没有解决住房问题。说远一点，还有今后的职务晋升问题等等。因为这些问题，都有赖于谭冠从中发挥作用。只要谭冠在高总经理面前说一句话，既可产生有利于她的正面效果，也可产生不利于她的负面效果。总而言之，她的命运在一定程度上捏在谭冠的手中。她彷徨不安。

　　过了两天，尽管她没有给谭冠回短信，但谭冠不请自来，径自来到她的住处。她仍然很礼貌地给谭泡了一杯茶。谭冠对她说，高总已给他打电话，知道她已正式报到上班了。至于住房的问题，过几个月，一定会解决的。并说，别的职工都是几个人合住一间，对她会给予照顾，单独给一间，租金也会适当给予照顾等等。

"谢谢谭处长帮忙。"

"小佟，你怎么还这么客气哦！你的事就是我的事，以后再不要说什么谢谢，也不要称呼什么长了，叫亚冠就行了。"就在这一霎间，他从椅子移步到床边把佟丽兰紧紧抱在怀里，疯狂地吻着。佟丽兰原先的不希望再受谭纠缠的想法忽然又烟消云散。她麻木了，一切顺从着谭冠……

事后，谭冠告诉她一个信息，下个月他要离开 X X 市到她的家乡山区某市挂职锻炼，时间为两年。并暗示挂职锻炼回来一般是要升职的。

她听了这个消息，心里着实高兴。因为她想，谭冠回来升官对她今后的前程也许会更有所帮助。同时在他离开ＸＸ市这两年也有利于摆脱他的纠缠。然而，她没有料到谭冠却接着说："我挂职锻炼期间，节假日也会回来看你的，即使不是节假日，我也可能请假回来看你。"

她听了谭冠的这一说，心里又有点惶恐了。因为她想余坚还在这里读书，即使毕业了，绝大部分可能性也会在本市找工作。如果谭冠仍来纠缠，就很难预料会不会出现一种让双方都无法接受的局面。她的目光盯着谭冠，带点惶惑地说："路途这么远，您哪能经常回来啊？"

"小佟，说句心里话，只要我能看到你，哪怕是千山万水，我也会想办法回来。"

谭冠这样的表白，又让她摇摆不定的矛盾心情又一阵激动。两人缠绵了一会儿。谭冠要告辞了，放下一沓钞票在书桌上说："你还没有发工资先拿着用。"

"不用，您拿回去。我已经叫家里寄钱来了。"她拿起桌子上面的那一沓钞票要还给谭冠。谭冠不接，说："就算我借给你的，以后你还我，行了吧。"她再不说什么了，目送谭冠走出房门。

学校假期结束，余坚返校上课。回来的当天晚上，他来佟丽兰的住处。佟给他倒了一杯开水后，对他说："余坚，我爸给我打了电话，说他不慎摔伤住院，全靠你的照料，我们全家都非常感激你。"

"感激什么呵，这是我该做的嘛！以后不要分你呀、我呀的。"

她听余坚这样说，情不自禁地上前拥抱余坚，久久不松手，柔情地说："亚坚，我们结婚吧！"

余坚听了一愣："你说什么？结婚？"

"是的。不过我不是说马上，而是等我工作稍微安定，尤其是等公司安排一个房子给我后，我们就结婚，好吗？"

"公司能给你安排一间房子吗？"余坚不大相信。

"是的，公司高总经理亲口对我说的。说过几个月就会有。"但她没有提及谭冠从中所发挥的作用，顾忌余坚因此事生疑。接着，她又补充道，"如果到时我一个人住一间房，而别的新聘职工几个人住一间，就会说我为什么能得到特别照顾？受人嫉妒。如果我们结了婚，受点照顾也就名正言顺了。你说呢？"

"可是我还没有毕业啊！"余坚对此事感到非常突然。

"没有毕业也没有关系嘛。结了婚，在你毕业之前不要孩子，日常生活就不会有任何影响，你说呢？"

"这件事我得认真想一想。"余坚说。

四个月后，公司分给了她一间房，她再次向余坚提出了结婚的问题，说是方便在生活上相互照顾。余坚对她说："这件事情我反复想过了。我现在还是个学生，一切时间和精力都应当放在学业上。结婚的问题至少要等到毕业后，工作定下来了才考虑。希望你能理解我的心情。"

听了余坚说的话，她心中的激情像被泼了一盆冷水，但她也无话可说。晚上她躺在床上回想和余坚初中、高中、大学十年的同窗过程，余坚那种刻苦学习、真诚助人、对人宽厚的精神深深扎根在她的心中，但她也同时认为余坚欠缺一种青春激情，也感到深深无奈。

新学期开学上课后，每个周末余坚都会来看她或约她一起上公园、逛大街，但总是循规蹈矩，从不在她的住处留宿。有一次她要他在她的住处多待一会儿聊天，他对佟丽兰说："太晚了回去不好，寝室的同学会说的。"惹得佟丽兰很生气地赶他:"你走,你走。"

就在她这次生气后,第二天她的父亲忽然给她打来电话,说她母亲近来身体不适,总是在想念她,问她可否请几天假回家看看母亲。她想,因为找工作,暑假没有回家,自己也很想回家看看父母。于是到人事部请假,人事部经理同意了,并说路上两天除外,给了她一个星期假。同时告诉她,春节要留在公司参加值班,她同意了。她乘车回家那天,余坚来送她,还买了几盒糖果点心之类的东西,两盒给她父母以示敬意,另外两盒托她带给自己的家里。并亲切地对她说:"祝一路平安。"后又微笑着加了一句,"不要生我的气了。"她听后做了一个娇嗔怪相,用手指轻轻地戳了一下余坚的胸部,就高高兴兴地上了车。

她坐最早的一班长途车回到家乡,看见母亲消瘦了，还在忙着做饭菜，心里一阵难过。"妈，您怎么瘦了这么多啊！"

"先是头痛发烧了几天，后又拉肚子一次。年纪大了，毛病就慢慢多起来了。身子一不舒服，就愈是记挂你，记挂你和余坚的事。"她母亲解释。

"妈，您就别再操这样多的心了！"

"做妈的，哪能不操心哟。"紧接着，她母亲又说，"哦，对了，你回来要去看看余坚的父母。余坚是个好孩子，他父母也是很厚道和善的人啊！"

"我知道，是要去的。余坚买的两盒点心，我还要送过去呢。还有两盒是他送给您和爸的。"她说完，似乎发现了什么，问："妈，爸呢，他到哪里去了？"

"你爸在后山坡做鸡舍，要过一些时才回来吃饭。"

"做鸡舍？"她听不明白。

"是的。就是搭几间小屋准备养鸡的。市政府前些时有个领导来要我们家做养鸡示范户。"

"哦，是这样。我去后山坡看看。"

"哎，你刚到家歇一歇，下午去看吧。"

"不，我现在就去。反正还有一会儿才吃饭。"

她转到后山坡，她的父亲和请来的两个帮工正在砌鸡舍的墙。她和父亲寒暄了几句。接着问："爸，您为什么突然要搞养鸡场噢！您有这个精力吗?"

"不是我要搞，而是市里一个姓谭的副市长到我们村里来调研发展农副业生产的问题，他带了一个工作人员到我们家里坐，对我说，你们这里的环境很适合养鸡，如果搞个养鸡场，发展养鸡业，大有前途，要我带个头，做示范户什么的。我说我只会种点蔬菜、瓜果、培育几株果树，对搞养鸡场不内行。在家里养几只自己吃还勉勉强强，大规模养群鸡，我没有这种技术，也没有这个本事，更没有钱投资。我说要做示范户，给他推荐村东头的明叔。我说明叔是农业技校毕业的，是内行，村里有的人家牲畜、家禽有什么病他都能帮忙治好。扶持他做示范户再合适不过。可是这位领导不接受我的建议，他说就看中我是个精明强干的人，合适做示范户，带个头，有什么困难他来帮助解决，政府会扶持等等。说实在的，我不理解他为什么会看中我这个人，要扶持我。后来他告诉我，他认识你，见过你，说你是ＸＸ大学毕业的，是他堂妹的同学，现在在一间进出口贸易公司工作。他说如果搞成功了，他能帮忙运活鸡出口或加工成冰冻鸡出口，说这是一个发大财的事业。他这样一说，也把我说动了。后来我问他怎么知道我是你的父亲，并且就住在这个村子里。他说是从你所写的托他找工作时的简历中看到的，因为你写的履历和家庭情况等资料是由他转交给这个公司总经理的，有的情况他记在笔记本中，所以一进村就到我们家里来……。"

听父亲说了这件事情的始末，她心里明白了，谭冠从认识她的时候起就一直在密切地关注着她。

"亚兰，你是不是找他帮忙介绍你到这个公司工作的？"他父亲问。

"先是通过他的堂妹和他说好了，后来才把资料交给他，由他转交给这个公司的老总，因为他是这个公司老总的朋友，关系密切。"

"哦，是这样，怪不得他说可以帮忙出口什么什么的。"接着他又问，"他在某市工作，为什么又到我们山区来当副市长？"

"他是来挂职锻炼的，两年后还是要回去的。"

"哦，那他借给我们的钱得在他回去之前还给他。"

"爸，您借他什么钱？"她诧异地问。

"建鸡舍、请人帮忙都要用钱。"父亲解释道，"我准备向信用社贷款两万元作资金，他说贷款要担保，还要办这个手续那个手续，由他个人帮助三万元就行了，省了很多麻烦。我说这不行，哪能要您个人帮这么多钱哟，我说还是贷款吧，麻烦就麻烦一点，没有什么。他说，那就这样吧，算是我借给你的，到时候你赚了钱还给我就行了。我想了一下，也行。第二天他就给我送来了三万元，我写了一张借条给他。"

"哦，是这样。"

"亚兰你认识他，见到他时要好好谢谢他。"

"我知道。"

过了两天，她按老爸老妈的叮嘱，要去看望余坚的父母。她带了一竹篓鸡蛋和余坚所买的两盒点心来到余坚父母的家中。余坚父母如接待贵宾一般接待了她这个未来的儿媳妇。除了丰盛的饭菜，还一定要留她住两天。其实这也正是她的心愿。

她吃过晚饭，向余坚母亲说要到街上走一走，重新体验一下久违了的这个山区城市的新貌，探访探访中学时代的同窗。她在街上这里看看，那里看看，并探访了昔日的一个同窗好友。她在返回的路上经过市政府的大楼时驻足，下意识地向大楼望去。看得出来，市政府大楼是新建的。大楼共六层，红砖墙，拱形大门，前面一个大院子，四周树木环绕，人行道两侧花草飘香，环境雅洁清静。此时此刻谭副市长——谭冠这个名字蓦地出现在她的脑子里："他也许正在里面……"她在思考着进不进去找他？当她想到他对她的帮助，又想到他现在对家里的支持和帮扶，还有以往日子难以忘怀的那份情。想着想着，她抑制不住自己，拿出手机拨通了谭冠的电话："您好！是谭市长吗？"

对方："是的。你是哪位？"

"我是佟丽兰。"

"哦，小佟是你。你现在在什么地方？"

"就在市政府大院的旁边。"

"什么，你就市政府大院的旁边？"

"是的。您在什么地方？"

"我就在办公大楼后面的宿舍大楼。你稍等一下，我就下来。"

过了片刻，谭冠穿着一套深灰色西装，一派领导干部的模样直向佟丽兰走了过来。佟丽兰迎上去和他握手。谭冠握着她的手久久不松开，充满着情意的目光停留在她的脸上，好一会儿才问："你什么时候回来的？"

"回来三天了。"

"你家里不是在香桃村吗，怎么晚上在城里？"

"我是受同学之托，把他托我带的东西送到城里他的家里来。"

"你同学的家在哪里？"

"前面隔两条街就是。很近。"

"哦，是这样。走，到我住的地方去坐一坐。"

"不了，我还要回去。就在这里站着说几句话就行了。"

"哎，站着多累啊。走，走，走，两分钟就到了。"谭冠不由分说，拉着她的衣袖就往后面的宿舍大楼走去。

谭冠住的三室一厅，宽敞雅致。他带佟丽兰进去后，又是倒茶，又是拿水果，十分热情。两人在客厅坐下后，他凝视着佟，问："你突然回来是有什么事吗？"

"没有什么特别的事。是我父亲打电话给我，说我母亲近些时身体有些虚弱，让我回来看看。"

"哦。是应该回来看看父母。公司给了你几天假？"

"除了路上两天，给了七天假。"

"怎么这样算呢？一共给你两个星期不就行了。我来给你们高经理打电话，让他多给你几天假。"

"不用了，免得被别人议论。"

"回来看父母，多给几天假，这有什么好议论的呀。前段时间，我到过你们家，见过你的父母，你母亲的身体看样子是有些虚弱，可能是太劳累了。小佟，你不必顾忌这些。明天我就给高经理打电话。"

她对谭冠说："您到我们家的事情，我父亲给我说了。您这样关心我们家，给我们家这样大的支持和帮助，我来找您，就是特地来感谢您的。"

谭冠听她说了这些话后没有什么反应，只是凝视着她。突然移身到她坐着的长条沙发上把她紧紧抱住："小佟，你不要把我当外人，你的事或者你家里的事就是我的事，只要我能办到的，就会全力去办，不必讲这些客套话。"谭冠频频地吻她。她心情复杂，矛盾极了，因为她心里有着余坚，她又想摆脱谭冠的纠缠。但谭冠对她和她的家庭又有实实在在的支持和帮助，而且他对她有着一种难以抵挡的青春激情。她对谭冠所说的"不要受旧的传统观念的束缚"这样的话可以说是完全接受了。她百依百顺，完全成为谭冠的俘虏。

末了，谭冠从书桌的抽屉里拿出她父亲写的向他借三万元建养鸡舍的借条递给她看了一下，当着她的面撕了，并说："小佟，请你告诉你父亲，他没有借过我的钱，一分钱都没有借过。"

佟丽兰听了，没有说话。在她向谭告辞时，谭对她说："过几天再到我这里来玩。"她点头了。

四、吼的一声

　　第二年余坚毕业，由于成绩优秀留校工作，分在附属医院骨科当临床医生。半年后和佟丽兰正式结婚。结婚一年后生了一个儿子，取名余小明。三口之家本来生活和谐、美满幸福。可就在儿子三岁多的时候，有一天佟丽兰正上班，公司办公室通知各个部门，说局里的谭冠局长下午要到公司来检查工作，要搞好清洁卫生，遵守纪律，不得无故脱岗离开办公室。佟丽兰听了心里忐忑不安。她在思忖，她和谭冠已有三年没有见过面了，如果谭冠到她的办公室来，会对她说什么或做什么呢？虽然谭冠挂职回来后也和她通过电话、发过短信，但都很简短，只是告诉她，挂职回来不久被提升为副局长，前几个月又告诉她已升为正局长，前后两次工作交接都很忙。接手后又要进行人事调整，安排工作，十分忙碌。所以无暇来看她。同时还告诉她，他已从高经理的口中得知她已结婚，有了小孩等等。所以她想，既然如此，也许谭不会再来纠缠她了，可以和余坚带着儿子平静地享受天伦之乐了。可现在谭冠忽然要到公司来检查工作，两人见了面会……她想着想着既不安，又激动，因为他们之间毕竟曾有过一段时间的交往。

　　下午谭冠带了一个秘书来到"荣盛"公司，在办公室听取了高扬的工作汇报后，秘书留在办公室抄录资料。他由高扬陪着到各个部门巡视，最后来到销售部佟丽兰的办公室，佟一见到谭进来，心里就有点紧张，谭和她握手，她自感脸发热，心在跳。谭问了一些诸如工作忙不忙、累不累之类的客套话后，高扬从他们二人说话的神情中似乎意识到什么，于是对谭说："谭局长，您和小佟谈，我到办公室找个资料给刘秘书。"借故走开了。

"行。你去忙。"

高扬走出去后，谭冠在一张椅子上坐了下来。佟丽兰跟着也坐了下来。谭冠的目光紧盯着她，好一会儿才说了这样的一句话："你愈来愈漂亮了。真的，比前几年脸色更红润、身材更丰满。"

她听了谭冠说的话没有任何反应，只是抿着嘴微笑，目光瞟了瞟谭冠。

"你天天上班，又要操持家务，这么辛苦能保养得这么好，不容易啊。你是怎样安排生活的呀？"

"我并不感到辛苦。没有做什么家务。我先生到北京的医院进修一年，已去了近三个月，他顺路将小孩送回老家给奶奶带。"

"哦，是这样。现在只是你一个人在家。"

"是的。"

几天后，一天下午下班后谭冠开着小轿车在她住的宿舍大楼前面不远处停着，打电话给她，约她到外面吃饭。她虽然犹豫，但还是去了。在酒店吃饭的时候。谭冠告诉她，他已向高经理提了建议："我说你已工作四年了，职务要提升。高经理答应了，准备提升你为销售部副经理。职务提升，工资也就随着提升。"

"谢谢您。"

"谢什么啊！你和我还客气什么嘛。"

在两人说话间谭冠忽然想到什么，问："小佟，你家的养鸡场搞得怎么样？"

"没有搞好，不仅赚不到钱，我爸说还亏了。"

"那是怎么一回事？"谭冠很惊讶。

"我爸对养鸡根本不内行，去年发鸡瘟，他一点办法都没有，结果养的鸡死了一大半。要不是村东头的明叔帮忙在鸡舍消毒打针，鸡全都会死光，亏得更惨。"她见谭冠听了不吱声，紧接着说，"当时您怎么会让我父亲做养鸡示范专业户的啊？村东头的明叔是农业技校毕业生，是内行，我父亲推荐他，您怎么不赞成啊？如果当时扶持他搞，我父亲说，一定会搞成功。"

"当时还不是为了你，想让你们家发财致富嘛。"

"为了我？"佟丽兰不解。

"小佟啊，我就是为了你！你还不明白？"稍停，他又往下说，"算了，算了，不说这个了，亏了多少？你向你父亲问清楚，由我来加倍偿还。亏一点钱算什么嘛。要不，不用问你父亲了，明天我就寄五万元给他。"

"不，不，不。"佟丽兰连忙说了几个不字。

"小佟，你不用再说什么，明天我就寄。我知道你父亲的名字和地址。"

吃完饭，时间已到了晚上九点多钟。

"时间不早了，我要回去了。"佟丽兰提醒谭冠。

"好吧。我送你回去。"

"我自己搭车回去就行了，不耽误您的时间。"

"耽误什么嘛，反正我也没有什么事。"

"您在外面时间久了，让您爱人老等不好。"

"她今天晚上在病房值班。就是等一会儿也没有啥。我经常晚上开会或应酬不也要等吗?"

谭冠开车一直送她到宿舍大楼前面的停车道上。两人一同下了车。"谢谢您，耽误了您的时间。"她对谭冠说，并伸出手要握手告别。

"我到上面坐一会儿，喝点茶，不欢迎吗？"谭冠的目光直勾勾地凝视着她，用很小的声音对她说。听谭冠说了这句话，佟丽娅的目光借着路灯和谭冠的目光相接，没有说任何话。然后转身默默地引着谭冠走进她住的卧室，一切都顺从谭冠的意愿。

自此之后，只要有空，两人就会相约幽会。

过了几个月，她忽然感到自己的生理现象出现了异常，对于一个已有生育经验的女人来说，自然会想到是否……她慌了。到医院一检查，果然怀孕了。这很出乎她的意料。因为她知道谭冠已结婚多年还没有孩子，原以为他没有生育能力的。而现在麻烦来了，该怎么办？她焦躁万分，马上给谭冠打电话，约他见面，说有重要的事情要和他商量。

晚上谭冠匆匆走进她的寝室。一进门就问："有什么急事吗？"

"您先坐下。"

谭冠刚一坐下，她就忧心忡忡对谭冠说："出问题了……"

"出什么问题？"

"我有了。"

"有什么了？"

"我，我怀上了。"她焦急得带着一种哭腔说。

谭冠听了她"我怀上了"这句话，蓦地一怔，思索了一下问："确定吗？"

"我到医院去检查，报告单上明明白白写着'已怀孕'三个字。"

谭冠听了没有吭声，陷入沉思。

"怎么办？我想去做人流，可是我的先生上个星期打电话来，说医院通知他，因为有事情要他提前半个月结束进修返回医院。也就是说还有两个星期左右，他就要回来了。所以我想抓紧时间就在这几天到医院去做人流。我想请您和高经理说说，说我有点私事要办，给我两个星期假。如果我去请假，不知怎样说才好。如果这几天不做，就来不及了。我先生一回来，若发现了这件事情，就要出大问题了。你说怎么办?"说着说着，她流泪了。

谭冠考虑了片刻，斩钉截铁地说："不管怎么样，孩子一定要生下来。孩子是我的。你要知道，我多么渴望有个孩子，我父母多么渴望有个孙子，我求求你把我们的孩子生下来。"稍停一下又接着往下说，"小佟，请你理解我的心情，这些年来，我常常为了孩子的问题而忧心。但是我的老婆没有这个本事。我的父母都非常焦急。现在你怀了我的孩子，我心里非常高兴，我父母知道了也一定会非常高兴的。"

"您只知道您高兴，您渴望。可是我呢，我怎么办? 在他外出进修期间怀上了孩子，还要生下来，我怎么向他交代? 怎么面对旁人? 怎么面对单位同事？"

谭冠见她忧心忡忡，走近她的身边，攥着她的手，安慰道："事已至此，现在已别无选择，你就实话对他说，在你们结婚之前我们已经在一起了。在他外出进修期间我们又遇见了……"稍停，他又往下说，"小佟，别的也无需说什么了。你就直接向他提出离婚，我也同时向我老婆提出离婚。其实从我认识你的那一天起，我就有了离婚的念头。那时只是顾忌这样做，她一闹起来会影响到领导对我的看法，影响到我的前途，所以压着没有说。现在我无须顾忌了。小佟，就这么办。把婚一离，我们就光明正大地结婚。好吗？"

她睁着一双眼睛看着谭冠振振有词地说了这么一大堆话后，反问："可是您知道吗？我的先生他一直对我很好！我们还有一个非常可爱的孩子。能这样随随便便地离婚吗？我做得到吗？"

"小佟，我很理解你的心情，理解你的难处。可是事情已经到了这个地步，就算你去做了人流，过十多天你的先生就回来了，你仔细想一想，他是个医生，能瞒得了他吗？再说这样的事情也很难不传到他的耳朵里去。那时他追问起来，事情就更被动，问题就复杂了，矛盾冲突就会更大。因为你骗了他，他肯定会更火，局面更难收拾。你好好想一想，是不是这样？"谭冠见她没有吭声，又接着说，"小佟，我向你掏心窝子，自我第一次见到你，就深深地爱上你了。即使在你与别人结婚生了小孩之后，也丝毫没有改变过。你一直深深地扎根在我的心中。我想你也会觉察得到的。我求求你理解我的心情。我是真心爱你的！"

她低着头，心情乱极了。此时此刻，她不知道该怎么说，该怎么做。蓦地，谭冠把她紧紧抱在怀里，很激动地说："事情到了这个地步，离婚是唯一合适的选择了。一办好离婚手续，我们就去登记结婚，把小孩生下来。我有预感，我们的孩子一定很漂亮、很聪明、很可爱，将来会很有出息的。这样的孩子，怎能忍心打下来！我求你了，生下来！我会永远爱你的！一辈子对你好的！让你生活幸福的！"

她在谭冠强烈的情感语言的攻势下，屈服了。

半个月后，余坚在回来的途中经过家乡时下车，再转乘汽车顺便回老家看望双方的父母，同时将儿子余小明接回ＸＸ市准备上幼儿园。

余坚带着儿子回到家的这一天，父子俩一进门，佟丽兰就搂着儿子，抚摸儿子的头，问："明明，爷爷奶奶身体好吗？"

"好！"

"外公外婆呢？"

"也好！"

"他们有没有到医院去看过病啊？"

"爷爷奶奶有时也会去医院拿药回来。外公外婆我不知道。"

她听了儿子说的话，转向余坚："余坚，爸妈带明明这一年辛苦了，本来应该留在我身边由我照料的，却让两位老人操劳，我对不起爸妈。"

"哎，你讲这些干什么嘛！爷爷奶奶带着明明你不知道他们有多开心！我要带明明回来，他们还舍不得呢，说能不能让明明在他们身边多待一两年，等他要上小学时再回来。但又怕你惦记儿子，才让我带回来的。"

"多好的一个家庭啊！而自己却要离开他们。"听了余坚说的这些情况，她心里涌起阵阵痛楚。她不想离开这个家，但又必须离开这个家。还有什么比这更冷酷，更令人痛苦的呢？她心事重重，满脸愁容。自己为什么会走到这样的一步？谁之过？她无法找到合理的解释。脑子里混混沌沌在和儿子亲热了一会儿之后，她把余坚带回的行李放置好，又泡了一杯茶放在余坚面前的茶几上。接着又到小厨房煮晚饭，由于精神不集中，不小心把一个碗碰了一下，"嘭"的一声摔在地上打破了。余坚听到了响声，跑到厨房："怎么啦？"

"没有什么，不小心把一个碗打破了。"

余坚见到她的脸色似乎有点异样，神情惶惑，呈现愁容，问："你是不是身体不舒服？我来做饭，你休息一下吧。"

"没事。你刚回家，休息一会儿，我来做。你陪明明玩玩。"

吃晚饭的时候，一家人久别团聚，本来应该有很多话要说的，可是这餐晚饭，她竟然一言不发，只是默默地吃饭，显得心事重重。余坚感到诧异，但也没有问什么。吃过晚饭，她给儿子明明洗了澡，把儿子安顿好后，把房门关上。当她转出小饭厅时突然连连呕吐。

"怎么啦，胃不舒服？"还坐在饭桌旁呷着茶的余坚直视着她问。

"没有。"她摇摇头答道。紧接着又"呕、呕、呕"的几声欲吐状。

"这几天你是不是吃了不洁的或者变质的食物？"余坚又问。

她没有回答余坚的提问。余坚起身把她扶到饭桌旁的另一张椅子上坐了下来。发现她眼眶里噙着泪。作为她丈夫的余坚蓦地感到这里面似乎有一种异乎寻常的事情，于是又问："究竟是怎么一回事？你说话啊！"

就在这一瞬间，她从椅子上站起，欲作下跪状，余坚急忙把她扶住："你这是干什么啊？又不说话，把人急死了。有什么事情你说嘛。"

她情绪失控，哭泣着说："我对不起你，对不起儿子……"

余坚又将她扶到椅子上坐下，劝说道："有什么事情慢慢说，不要这样。就算有天大的事情也可以说清楚的。"极力稳住她的情绪。

她稍微平静一点后，就将她和谭冠认识、交往的经过以及现在已怀孕的事情向余坚说了。然后就惶恐地等待丈夫的裁判。余坚怀着一种痛苦、屈辱的心情听完她的陈述后，弯着腰，双手抱头，身在抖动，头如炸裂了一般："我的天啊！为什么会这样！为什么你要这样伤害我？我有哪一点对不起你？"他愤怒了，咆哮了，忽然从椅子上跃起，似乎想做什么……佟丽兰见此状，十分惊恐，怕出什么大事，连忙从椅子上站起移步过来，双手抱住丈夫，撕心裂肺地说道："你对我很好！都是我的错！你打我吧，打我吧！这样你会好受一点！求求你了，千万不要伤了身体。你是明明的爸爸，今后明明全靠你的呵护!"她在恸哭。

就在这一霎间，余坚怒吼了，双手用力把她一推："滚开! 你给我滚开!"她被余坚这样一推，摔倒在地上。见状，余坚又连忙将她扶起!

两人复坐下。余坚的心情稍平静后，十分沉重地对她说："我们的缘分到头了，我成全你们。明天就去办离婚手续。明明由我抚养。"稍停片刻，又对她说了下面几句话"来日方长，希望你要懂得如何做人。一个人要讲道德，要有廉耻，要有良心。你渴望美好的生活本无可非议，但步子走错了，其结局就会适得其反。你好自为之。"

两人办了离婚手续后，医院分给余坚一套两室一厅的房子让他安家。余坚从佟丽兰的住处搬出去的这一天，儿子明明牵着他的手央求："爸爸，我们不要搬出去住，在这里和妈妈一起住。"

"明明，爸爸在医院上班，搬到医院那边去住上班方便，不用跑来跑去这么辛苦。听爸爸的话，我们一起到那里去住。那里的幼儿园很大，有很多小朋友，很好玩的。"

"那妈妈也和我们一起到那里去住。"他边说边走到母亲的跟前，摇着母亲的手央求："妈妈，你和我们一起到那里去住，一起去……。"

佟丽兰弯腰把儿子紧紧抱住，眼泪直往下流。她不知道该如何向儿子解释。因为和余坚商定的离婚协议约定，在儿子小学毕业之前不向儿子说明真相，尽量避免给儿子幼小的心灵造成伤害。她想了好一会儿，才编造说："明明，妈妈明天就要到外地去工作几年，所以不能和你们一起搬到那里去住。但妈妈会去看你的。乖，听妈妈的话，跟爸爸一起到医院那边去住。好不好？"她好说歹说，总算把儿子暂时哄住了。

在余坚父子俩搬出这个房子的这一天，她送他们父子到外面乘车时，和余坚牵着手的儿子明明屡屡回头望着她。当明明在进入出租车扭转头向她挥手告别时，她心碎了。

　　她和余坚办理离婚手续没几天，谭冠以妻子不能生育为由也和妻子离了婚。两人结婚后，她住进谭冠新买的一套三室一厅的房子，还专门请了保姆侍候她。取名谭斌斌的孩子出生后给她带来了欣慰和欢乐。但她渐渐发现谭冠对她没有以往的那种温存、激情、关切和呵护了，或者说变得冷漠了。并且常常以工作忙，开会等理由深夜不归。还听到一些风言风语。以一个女人的敏感，她意识到丈夫可能也像以往在情感上俘虏她那样故伎重演了。所以尽管经济宽裕，生活舒适，但她并没有感受到谭冠所许诺给她的幸福。她只能忍气吞声，忧郁常涌心头。

时光流逝，一晃又过了六年多。她万万没有料到，在这美好的中秋之夜，再婚丈夫谭冠因车祸重伤送到医院抢救，前夫余坚成了抢救谭冠的主治医生。三个人在这种特殊的场合碰在一起……

躺在病床上的谭冠经过手术后精心调治，身体状况大有好转，可以自行进食，不需要输液了。这一天的中餐，他正喝着佟丽兰送到病房的鸡汤。

"你今天的面色、精神比前几天好多了。"坐在病床前的佟丽兰高兴地对丈夫说。

"是啊！我自己也觉得好多了，手脚也有力气了。"谭冠应答道。稍停，他很有感慨地说，"这次能捡回一条命，全靠余医生啊！他不仅用精湛的医术，而且还用他身上的鲜血救了我的命！我真不知该如何感谢他啊！"

佟丽兰听了丈夫说的这些话，沉默了，思绪翻腾。

"他胸怀宽广，品格高尚。我深感愧疚，对不起他。"谭冠后面又说了这两句忏悔的话。佟丽兰垂泪了，心如刀割。再没有说半句话，心里难受极了，她不明白自己现在在谭冠的心目中被摆在什么位置上。

就在这个时候，ＸＸ局办公室秘书科长董祥提了一袋水果前来探望谭冠。他和谭冠、佟丽兰打过招呼后，在病床前的一张椅子上坐了下来。在问了谭冠目前的身体状况后，对佟丽兰说："佟经理，你这些日子照料谭局长很辛苦，看需要我帮点什么忙？"

"他目前的情况比刚进来时好多了，危险总算过去了。"佟答道，"很感谢局里同志们的关心，很多同事都来看过老谭，董科长您已来过好几次了，不能再麻烦您了。"

"佟经理，您不必客气，这都是我们应该做的，也是我们的责任。"

"董科长，"谭冠插话，"我想请你帮我办件事。"

"局长，您说，您吩咐就是。"

"我想请你帮忙以我的名义给医院领导写一封感谢信，你的文笔好。可以吗?"

"行、行、行。我回去马上办这件事情。局长，有什么事情要办的请随时吩咐。"

接着，谭冠向他提示了感谢信内容的要点后，董科长告辞离开了病房。

董科长走了后，谭冠又小声对妻子说："你回家准备一个五千元的红包给余医生个人。好吗?"

佟丽兰点点头，说："这件事你叫董科长办较合适。"

"是的。我也是这样想的。"

过了几天，董科长和局里的一名专职司机开着小轿车来到医院。董科长将经谭冠审阅过并用红纸抄好的感谢信带来了。

"董科长，你把这一张感谢信送到医院办公室亲自交给医院的领导。"谭冠如此面示。随之又叫妻子佟丽兰将一个红包交给董科长，并做了具体的交代，"董科长，你把感谢信送了之后，就将红包送给在内科病房住院的余坚医生。"稍停，又郑重地小声交代，"送红包时不要张扬，放在他的枕头边就行了。就说我非常感谢他的仁心仁术，救了我一命。"

"明白。"董科长表示领会了他的话中之意。

董科长将感谢信送了之后，随即踅足走进余坚住的病房。在护士的指引下，他来到余坚的病床前。护士见余坚坐在病床上和骨科护士叶梦玲正在说着话，就叫他到邻床旁边的一个椅子上坐着等一会儿。他听到了骨科护士叶梦玲和余坚下面的一段对话：

"余医生，我看您的面色和精神比前几天好一些了。"

"是的，我自己也感觉精神好一些，只是起床走路时还有点头晕，可能头部供血不足所致。"稍停，又说，"我一时还不能恢复工作，科里的事情烦劳大家帮忙了。"

"余医生您不必记挂科里的事，主任都把工作安排好了。您管的病人，都有人负责管了，不要担心。您安心调养，不要急于工作。"

"那个叫谭冠的病人现在怎样了？"他还是关心着他原来管的病人，关切地问。

"谭冠恢复得不错，能自己进食，不需要输液了。"

"哦，这就好！"

坐在旁边听了他们对话的董科长心里想：自己都病倒了，还如此关心着病人，蓦地对余坚肃然起敬。

"小叶，"余坚紧接着又动情地说，"我这次住院多亏你的关照，不然我的儿子小明就没人管了，我非常感谢你。"

"余医生，您千万别这么说，我们是多年的同事了，您在科里兢兢业业地工作，从来不计较，有时还带病工作，科里的同事都有目共睹的。而我只是稍微关照了一下小明，是一件微不足道的事情，您不要这样客气。再说，主要是小明这孩子自己很自觉，很乖，独立生活能力很强。他每天在食堂吃过饭，都能按时回家，不到处玩。几次晚饭后我去看他，他不是在做作业，就是在洗衣服。我说帮他洗，他不干，他说自己会洗。真是个好孩子啊!"

护士叶梦玲和余坚谈话结束后走出病房。董科长站起来走近病床前自我介绍："余医生，我是ＸＸ局的工作人员。"他边说边向余坚递上一张名片。又说："我们谭局长专门派我来探望余医生您……"

"董先生，对不起，请原谅我打断你的话一下。我们为之治疗的病人，都是直接记他的名字的，从来不记是什么‘长’的。不论是什么病人，我们都会精心为之治疗。”

“对，对。”董科长连忙转换称谓：“是住在您骨科病房16号病床的病人谭冠专门派我来探望余医生的。这次他因车祸受伤住院，全靠余医生您全力抢救，还为他献了血，救了他的命。而余医生您却因劳累和献血而住院。他非常感激您。他说不知道该如何感谢您，才能表达他的心情。”

“用不着什么感谢，救死扶伤本来就是一个医生的职责，对任何病人都一样。”

“那是，那是。”接着，董科长又补充道，“他很敬佩您的高尚品格。”

“董先生，用不着说这些话，我只是做了一个医生应该做的事。如果觉得我的工作还有哪些方面做得不够，请你多提宝贵意见，以便我们今后改进。”

“没有，没有。您的工作做得很好，很好！他和他的太太都非常满意，非常满意。"董说完这些话后，感到再也无话可说了。于是告辞："余医生，您好好休息，打扰您了。"他边说边从皮包里拿出一个厚厚的红包塞在余坚的枕头边，轻声说："这是我们谭局长的一点心意。"他一不注意，又将谭冠的官衔搬了出来。

敏感的余坚随即从枕边拿出那个红包，对董说："请你把它拿回去。"

"余医生，我们局长是很真诚的。权当请余医生饮饮茶吧。"他不接余坚递回给他的那个红包，扭转身径直向病房门走过去。

"请你回来!"余坚突然吼的一声。

已走出病房门的董科长听到这近乎怒吼的一声，愣住了，停住了脚步，扭转头。

"董先生，请你回来一下。"余坚发出的声音虽然比刚才压低了，但脸上仍显不悦。

董科长只好顺从地蹑足转回余坚的病床前。余坚对他说:"很抱歉,刚才我说话的声音太大了,但别无他意,只是想请你转回来。"紧接着又将红包递给董,"请你把这个拿回去,我是认真的。同时我想请你转告谭冠几句话:不要以为谁都会见钱眼开。更不要以为谁的灵魂都可以用金钱收买。也不要以为什么事情都能用钱搞定。"董科长听了余坚这几句含着怒气的掷地有声的话十分不解。这不奇怪,因为他并不了解余坚、佟丽兰、谭冠三人之间的关系。他很尴尬地接过余坚退给他的红包,走出病房的门。

很有文才和口才的董科长虽然用了很婉转的轻描淡写的方式向谭冠夫妇汇报了他刚才所听到的余坚和护士叶梦玲的对话以及后来余坚托他转告的话,但这足以对谭、佟二人产生极大的无以言状的心灵冲击和震动。两个人听了之后没有说一句话,只是脸色灰白,很难看。

谭冠出院三个月后的一天，检察机关突然到他家中搜查，谭冠本人也随之被检察人员戴上手铐带走。佟丽兰愣愣地站着，目睹了这一切，脑子一片空白，神情痛苦极了。

　　而余坚出院后，在元旦这一天和叶梦玲结婚了，重新组成了一个幸福的家庭。生活虽然平静和谐，但在余坚心里总觉得还有点事要做，有些话要说。

　　春节前夕，他带着儿子余小明提着一袋礼物来到佟丽兰的住处。他摁了两下门铃。不一会儿，一个小男孩即佟丽兰后来的儿子谭斌斌把门打开。问："你们找谁?"

　　"这是佟丽兰的家吗?"找人打听到佟丽兰的住处，第一次来到这里的余坚反问小男孩。

　　"是的。你们找我妈妈?"

　　"对，你妈妈在家吗?"

　　"在家。她还在房里睡觉呢。"

"哦，是这样。"余坚犹豫了一下，才又说，"小朋友，你能不能去告诉你妈妈，你说小明来看她了。"

"好的。"小男孩转身走了进去。

小男孩很快又走了出来，对余坚父子俩说："我妈妈说，请你们进来坐，她一会儿就出来。"

过了片刻，佟丽兰从寝室走了出来，当她看到在厅里的余坚父子时，口唇动了一下，似乎想说什么，但却说不出声来，不知所措。倒是余小明从沙发上站了起来，叫了一声"妈妈"打破了令人窒息的静默。余坚审视着这位前妻，清楚地看到她面容憔悴，目光忧郁，头上出现丝丝白发，短短的几个月就变了一个样，还不到四十岁，就显得有点苍老了。在听到儿子小明叫了一声"妈妈"后，她很激动，倏地扑向儿子，把儿子抱着，眼泪簌簌地往下流，哽咽着。余小明也哭了。

"你们都坐下吧。"余坚走近母子俩把他们扶到一张长沙发上。

"过几天就是春节了，我特地带小明来看看你。"余坚对她说。

仍在抽泣的佟丽兰抬起头，低声应道："谢谢你们!"稍停，又加了一句，"我不配，我对不起你们。"

"你毕竟是小明的母亲，来看看你是应该的。"

"现在无论我说什么，也都无法弥补我的过错了。"

余坚正想再说些什么，但他犹豫了一下没有说。而是示意儿子："小明，你到那个小弟弟的房里，和小弟弟玩玩。"

佟丽兰听了余坚说的话，她意识到余坚要单独和她说什么话，于是提高了嗓音对里面卧室说道："斌斌，小哥哥到你房间和你一起玩玩。"

里面应声："好，进来吧。"

"过去的事情就让它过去吧，重要的是今后的路怎么走。"余坚把儿子支开后，语重心长地对这位前妻说。

"我还有什么路可走啊！"佟丽兰低着头说，语气是绝望的。她不是向余坚发问。

"有。只要自己痛下决心。"

"说句实在话，我连生活下去的勇气都没有了。我甚至想一了百了。因为我害怕别人的目光，害怕别人在背后窃窃私语。太难受了。当然，我不怪别人，我没有理由，也没有权利去怪别人。我是咎由自取。"说到这里，她停了一下，才又说了一句，"你和小明来看我，我非常感激！但我不奢望你们原谅我，我没有资格这样想。"

余坚静静地听着她的诉说，在思考着该对她说些什么。过了一会儿才缓缓地对她说："我想，我应该告诉你，我已经有了一个新的家庭，生活和谐温馨，小明很快乐。但我和小明没有忘记你。因为你毕竟是小明的母亲，我们之间毕竟曾共同生活了一段时间。我和小明在新的家庭中生活幸福！也希望你今后生活幸福。这就是我和小明今天来看你的原因。"余坚说到这里稍停了一下，又补充一句，"我想，我还应该告诉你，我现在的妻子很赞成、很支持我和小明来看你。"

佟丽兰听到这里，流泪了。

两人沉默了一会儿后，她问余坚："看在我是小明母亲的分上，你能否告诉我，我该怎么做？"

余坚沉思了一会儿，对她说了下面的一段话："既然你提出了这样的问题，那我就坦诚地说说我的看法：是的，你是有错，应当自省，但根子不在你身上，在当前腐败的现实环境和操弄权钱、违法违纪搞腐败的人身上。你应该做的，首先，不应该心灰意冷，不应有自暴自弃的任何想法。你要知道，你还有两个尚未成年的儿子，你能毫无牵挂一了百了吗？如果你这样做，那不是自省，是逃避，不是一个做母亲的人所应该做的。你要认真地想一想。第二，你既然认识到自己有错，是咎由自取，就应该认真自省，错在哪里？应当如何面对。路要靠自己走。"

"你能启示一下吗？"

"行。那我就直说了。你现在应该做的，就是下定决心，将你所知道的一切违纪、违法的腐败行为彻底地揭露出来！让有这种行为的人受到应有惩罚，不能有任何温情。应当认识到让这些腐败行为蔓延下去，那就不知道要毁掉多少家庭！直至危害整个国家！你明白吗？"说到这里，余坚显得很激动。

"我明白了，知道了。"佟丽兰被余坚的坦诚感动了。

就在此时，斌斌和小明从里间卧室走了出来。"妈妈，我饿了。"斌斌说。

"斌斌，你饿了？等一会妈妈煮饭给你吃。和小明哥哥再玩一会儿。"

"我和小明要回去了。"听了他们母子俩的对话，余坚插话，"耽误了你的时间，你去煮饭吧，不要让孩子饿着。"

"没有关系。他很懂事。"

"哦。"

"叔叔，您和小明哥哥就在我们这里吃完中午饭再回去吧。"乖巧的斌斌对余坚说了这话，又转向小明，问："小明哥哥，吃了饭再回去好吗？"

"我们回去还有事。"已经从沙发上站起来的余坚对斌斌说，"小明哥哥以后会常来看你们的。"

佟丽兰母子送余坚父子走出院子后，四人驻足。佟丽兰和余坚四目相视。小明和斌斌还手牵着手。

"你们回去吧!"余坚对佟丽兰说,"今后的日子还长,希望你重新起步往前走。"

　　"我会的。谢谢你。"